ハヤカワ文庫JA
〈JA1128〉

黒猫の遊歩あるいは美学講義

森 晶麿

JN286559

早川書房

7241

黒猫の遊歩
あるいは
美学講義

目次

黒猫の遊歩あるいは美学講義

第一話　月まで

■モルグ街の殺人事件

The Murders in the Rue Morgue, 1841

パリに滞在している私は、図書館でC・オーギュスト・デュパンと出会う。その豊かな知識量と鋭い分析力に感化された私は、パリ滞在中、一緒に暮らすことになった。

ある日、二人は新聞を読んでいて、モルグ街にある屋敷で起きた母娘惨殺事件を知る。娘は絞殺されたあと、暖炉の煙突に押し込まれており、母親は首がとれかかった状態で庭に放置されていた。さらに犯行現場は密室だったという。数人の証言をもとに、すでに容疑者は逮捕されているが、依然として決定的な証拠は見つからない。デュパンと私は、自らこの怪事件の調査に乗り出す。

史上初の推理小説とされる短篇であり、探偵デュパンの登場する最初の作品。名探偵による推理、意外な犯人像、密室殺人といった、以後の推理小説に継承されている原型を作り出した。

1

「奇癖、ビザルリーだよ」

突然そう言われて、驚いた。いや、驚いたなんて生半可なものではない。隣にいる黒いスーツに身を包んだ男が神か悪魔に思えた。男は小意地の悪い笑みを微《かす》かに浮かべ、池の水面を眺めている。彼は黒猫と呼ばれている。もちろん本名ではないが、誰も彼を本当の名前では呼ばない。

二十四歳にして教授職に就いた天才。学生時代からの腐れ縁もあって、今年、黒猫がパリから帰国して以来「教授と付き人」という新たな関係で毎日顔をつき合わすようになった。そのあまりに華麗な経歴は、同じく二十四歳にして博士課程一年目という大学内では極めて平凡なキャリアを誇る身としては、羨ましいのを通り越してただ啞然とするばかりだ。

ちょうどS公園の前を通り過ぎようかというところだった。夜は不気味なほど息を潜め、公園の池が霧を作り、その霧が道路のほうにまで浸食してきている。黒猫はさっきの発言に気を取られて遅れをとったこちらには頓着せぬかのように歩き続ける。が、ふと公園の入口で足を止め、振り返って言う。

「少し公園でも散歩しようか」

「うん」

黒猫はこちらの足下を見て、

「スニーカーで正解だね。六月のこの公園は地面が常にぬかるんでいるから」

「そうね」

「『そうね』」

口真似をして笑う。

「何よ、いいじゃないべつに」

「これは失敬。君はうわの空のときだけ女らしい返事をするようだね。しかし、なんでスーツにスニーカーなの？」

大きなお世話だ。

他分野の講演会なんて慣れないから、母のクロゼットからスーツを拝借してきたものの、足下にまで気が回らなかったのだ。

「べつにいいけどさ」

言いながら黒猫はポケットから単三の乾電池より少し長めの筒を取り出し、左目に当てる。よく見ると先端には水色のビー玉のようなものがはめ込まれている。

「何それ？」

「万華鏡」

黒猫は、筒を覗いたままこちらに顔を向け、笑う。

「僕の好きな眺めがここにある」

「ええ、どうせ私と一緒に見る風景なんかさぞ殺風景でしょーとも。万華鏡の世界へどうぞご遠慮なく」

何を怒ってるんだ、と言って黒猫は万華鏡をしまう。こちらもいつまでもそんなつまらないことにヘソを曲げてもいられない。

「ところで、さっきのアレだけど……」

気を取り直し、もとの話題に立ち返る。

「ほら、ビザルリー。どうしてわかったの？」

「ああ、あれね」

黒猫は面白くもなさそうに言う。

「今日の講演会の題目は？」

「『オスマン、闇の破壊者』」

研究者の母がくれたチラシに興味をもったのが、一週間前。一人で講演会へ行くのも面白くない、と考え黒猫も誘ったのだ。講演者は、扇宏一《おうぎこういち》という建築美学では最先端の研究をしている学者だ。

「扇教授と言えば研究の鬼と呼ばれるほど学問一途なことで有名だけど、今日もなかなか熱がこもっていたね。今回の講演の要諦は、闇の世界を排除するべくして企てられたオスマン都市計画のダイナミズムを解明する点にあった。中でも、彼はガス灯の普及について繰り返し触れていたね」

「ええ。たしかに」

「大通りが次々に完成し、迷路の形象としてのパリは姿を消していく。それと同時に道路の両脇に等間隔に設置されたガス灯によって、闇もまた姿を消す。まあ、オスマンは自分を『芸術破壊者』と言っていたくらいだから、監視システム型の都市を作ることは執念に近かったんだろうね。実際、当時のパリは改革が必要な状態だった」

「伝染病もひどかったみたいね」

「そう。とても不潔な街だった。だから徹底して洗浄する必要があったんだよ。でもそれだけではない、と扇氏は言うんだね。オスマンは芸術へ復讐しようとしていた、と」

「それまでの芸術を『闇の芸術』と規定し、自分の都市計画を『光の芸術』として打ち立てようとしていたって言ってたよね」

「ガス灯の登場でパリから幻想的な闇深き夜は消えた。光の中で闇の芸術は生きられない、というわけだ。ところで、『夜そのもののために夜を溺愛する』と言ったのは誰だっけ？」

「馬鹿にしてるの？」

　こちらも研究者の端くれである。黒猫のように教授職にこそ就いていないが、将来は、学問で身を立てたいと志してもいる。出す論文すべてが真剣勝負の状況で向き合ってきたのが、エドガー・アラン・ポオなのだ。そのポオの生み出した唯一の名探偵の言葉を忘れるはずがない。

「君は講演を聴いて、〈探偵デュパンの愛するパリの闇を殺害した男〉としてオスマンを捉えたはずだ。君がポオ研究者なら自分の研究と照らし合わせて考えるのは当然だろう」

　ぎくり。

「事実、君は会場を出るときも終始そのことで頭がいっぱいと見えて、僕の質問を三度無視した」

「え、そうでしたの、オホホ」

「新種の鳥の鳴き真似？」

「……どういう鳥よ、一体」

「とにかく君は帰りの電車の中でもずっとうわの空だった。たぶん今日の講演と自分の今後の研究に何かつながりでも見出したんだろうよ。君ときたら、ひとつとっかかりを見つけるとまったく周囲の音が耳に入らなくなってしまうんだから、僕以上の研究の虫だよ」

そんな風に見られているとは思わなかった。何となく照れくさい。

ちゃっ、ちゃっと微かに粘り気のある二つの足音が池の脇の小路を進む。湿った地面をスニーカーが優しく踏みつける。

水面。広がる波紋。亀が飛び込んだのか。

「僕の家で晩ご飯を食べて帰るべくS公園駅で降りて、真正面に出ているデパートの垂れ幕を見たとき、君の口がわずかに破裂音を発したのさ。それで、垂れ幕の中のある単語に反応したことがわかった。その単語とは『バザール』、スペルは」

「bazar」

「そう、もうわかるね？　夜のパリを歩くデュパンの性癖を記述者の〈私〉は〈奇癖〉と表現する。ビザルリーはbizarrerie。単語を構成するアルファベットが四つも重複している。語学に堪能ではない君は、思い出すべき単語の片鱗を感じながらも、それに辿り着くことができず、さっきからしきりに口の中で破裂音を繰り返していたのさ」

心の中で考えているだけで、実際に声に出している自覚はなかった。

「ねえ、それって溯及的推理法《アブダクション》？」

「いや。僕は遡《さかのぼ》って推理したわけじゃない。強いて言うなら図式的推理、とでも言おうか。現象の中心にある図式を推理したのさ。図式という表現が的確でないなら、アリストテレスの質料 - 形相的推理と言ってもいい。現象を質料として、僕はそこに内在する形相を丁寧に掘り起こしていくだけだ」

彼が二十四歳で教鞭をとるという異例の大出世をしたのも、この論法によるところが大きい。

「ところで、いくら研究に没頭する君でも今日のうわの空ぶりはひどい。何かほかに考えていることがあるね？」

この男はどこまで鋭いのやら。それとも単にこちらがわかりやすいだけなのか。

「どうしてわかるの？」

「君は没頭型だが気は短い。一つのことだけ考えるのに一時間は長い、君にとってはね。だからほかにも悩みがある」

「うん……まあ、ね」

水面に映った月がゆらゆらと揺れている。池の周りに草木が生い茂り、そこから夏の虫たちが騒ぎ始めると、霧はいっそう濃くなっていく。

「でたらめな地図を描くのにはどんな理由があると思う？」

今日一日考え続けていた謎である。

相手にとって不足はあるまい。息を潜めて反応を待っていると、案の定黒猫は足を止め、獲物を見つけたように楽しげに目を光らせる。美学者・黒猫にとって、美的探究心を刺激する謎は何よりの好物なのだ。

『『でたらめ』とひと括りに言っても色々あるだろう。地名から建物の名前まで何もかもでたらめ、というのもあるし、建物が実際の場所と一致しないだけのものもある」

「地図上に出ている地名も建物名も実在するんだけど、どれもこれも正しい位置に描かれていないの」

「つまり、構成要素はそのままに、かき混ぜたみたいだ、と」

「うん、そう」

黒猫は左手の親指で自分の唇を小刻みに叩き出した。何事か考え始めた証拠である。

散歩途中の老夫婦が通り過ぎる。ちょうど池を半周回ったあたりだろうか。そう言えば今日は朝からよく歩いた。少し足が痛い。

「ベンチに座ろっか」

「いや、きっと湿っているに違いない」

黒猫の言葉を予想していたこちらは、待ってましたとばかりに鞄からタオルを取り出す。

「キャディー並みの準備の良さだ。そのぶんだと、当然問題の地図とやらも持ってるんだろうね」

「もちろん」

黒猫は観念したようにベンチへと向かう。慌てて後を追い、ベンチにタオルを敷いて二人で腰かける。池の対岸から、あるいは水底から、ゆっくり言葉を手繰《たぐ》り寄せるようにして彼は言う。

「僕が行なうのは美的推理であって、導き出された真相が美的なものでなければその時点で僕の関心は失われる。美的でない解釈が解釈の名に値しないように、美的でない真相もまた真相の名に値しない」

2

夜のS公園はいよいよ霧が深くなる。去年ロンドンに短期留学したときに訪れた公園の風景が自然と思い出される。そんな心情を置き去りに、黒猫はいつものように一見本題から逸れているようなレクチャーを始めた。

公園の夜は長い。屋外講義を拝聴するのも悪くないか。

「僕は探偵小説というものはもともと美学と結びついて然るべきジャンルだと思う。君がポオ研究者だから言うわけじゃないけど、ポオの美学はそっくりそのまま探偵小説の美学として応用できるものだよ。たとえば、『モルグ街の殺人事件』を紐解いてみてもわかる。

『モルグ街』の舞台としてのパリを考えたとき、何か気がつくことは？」

「ええ、と。たしか地理的な誤りがある……あっ」

「そこにはどんな理由がある？」

「でもあれは」

「そう、ポオはアメリカの作家で、実際のパリに行ったことはなかった。でもね、いくらなんでも一九世紀のアメリカにパリの地図一枚出回っていなかったなんてことが考えられるだろうか？」

それはたしかに不自然だ。でも……。

「調べ忘れたわけじゃないさ。彼は物語を編んでいくとき、一つも誤りのないように始まりから終わりまですべて練り上げてから書いていた。そのポオが憧れの場所でもあるパリの地図を持っていなかった？」

「んん、考えにくいかなあ」

「それよりもこう考えたほうがいっそしっくりくる。ポオはわざと誤った地図を描いた、と」

リリリリリン、とキンヒバリが鳴き、紫陽花《あじさい》がそれに気を良くして色彩を増す。おいしそうに霧を吸い込み、顔のない誰かの夢を吐き出している。

「わざと？」

「あえて正しく表現しなかったのさ。なぜか？　ポオは実際のパリを書きたかったわけじゃないんだ。つまり、『モルグ街の殺人事件』は反現実の書なんだ」

「反現実の……書」

「そう。記述者である〈私〉とデュパンが出会うのは、外に開かれた世界ではなく、完全に内に閉じた場所である図書館。現実に背を向けたトポスだ。そして二人は、長らく住み手のなかった崩れかけの屋敷で完全な隠遁生活を送る。このように『モルグ街』は徹底して反現実に展開される。したがってその舞台であるパリは現実のパリではないということになる。では記述されたパリはひとことで言えばどんな街なのか。これは、〈私〉の行動を追って読めばすぐにわかる。主人公はそもそもなぜパリにやって来たのか」

『求めるもの』があって来たという記述があったと思うけど……」

「ご名答」黒猫は軽く手をたたく。「で、その『求めるもの』は何かと言うと、どこにも書かれていない。すると読者である我々はこう考えるのが自然だろうね。すなわち、書かれていなくともわかるのだ、と。もう一つ、〈私〉はどこから来たのか、という問題がある。これも書かれていないのでやはり書かれていなくともわかることなのだ、と考えるべきだろう。そうすると、どこから来たと考えるのが妥当かな？」

「アメリカ」

「根拠は？」

「ポオはアメリカの雑誌に書いているわけだから、読者にとっては、テクストの語り手が自国の人間だったほうが異世界を堪能しやすい、とか？」

「悪くない推測だね。だが、それだけでは少し物足りないな。例えば〈私〉がデュパンを『フランス人が自分のことを語るときにはいつも示すあの率直さで』と表現するとき、それは自分はフランス人ではない、ということを意味するだろう。そして素直に〈私〉を作者と結びつけるなら、ポオはアメリカ人だから〈私〉もアメリカからやってきたと考えられる。だが、それも不確かだ。

ここで考え方を変える必要が生じる。〈私〉はフランス以外のどこかから来たのであり、それはどこでもいい。どこでもいいからアメリカでもいい、と」

「ふむ……。頭が痛くなってきた」

「ところで、一九世紀の新世界アメリカと芸術の都パリという対立はどのような関係を象徴しているか。これは想像に難くないことだが、〈蛮国〉対〈知〉だね。したがって虚構のパリは〈知の都〉として描かれているわけだ。そう考えれば、二人の出会いの場が図書館なのも理解できる。図書館は、あらゆるものを所蔵しつくした一九世紀の閉鎖的な〈知〉を表している。じゃあ〈私〉が〈知の都〉に『求めるもの』とは何だったのか」

「〈知《サヴォワール》〉？」

「ではいよいよ核心に迫ろう。『モルグ街』の真相は記述どおり捉えていいのか。テクスト内の犯人は何を象徴するのか、という点からみると、これは〈野蛮〉ではないかと容易に思い至る。あるいは〈未開〉でもいい。デュパンが犯人を指摘するとき、そこには同時に『犯人はこの街の住民ではない何者かだ』という意味が内包されている。すなわち『これは野蛮の仕業だ』と」

「まさか……じゃあ」

「犯人は〈私〉でもあるんだと僕は思う。おそらく〈私〉の中で〈知〉は〈好奇心〉と強く結びついている。〈好奇心〉を満たすものがすなわち〈知〉であるなら、〈知〉とは一定の形あるものではなく、むしろ形を変えながら拡張するものだろう。そうすると、想像と分析のデュパンに魅せられた〈私〉は次にどのような行動に出るのか」

「みずから謎の種を作り出す」

「そう。〈私〉なら、〈私〉の犯罪としてデュパンに解明されることに歓びを見出すはずだ。そして、そうであればこそ、〈野蛮者の事件ｰ知の解決〉という図式を暗示させる、あのテクスト内の犯人が必要だったんだよ」

なるほど。思わず唸ってしまった。専門家でもない彼にこれだけポオの解釈をされてしまって、それに反論の一つもできない自分が情けなくもある。

「とまあ、こんな解釈も面白いんじゃないか、と」

「うん、面白い。これでひとつ論文が書けるくらい」

「こんなの一回やり方を覚えればいくらでもできるんだよ。要するに、僕が言いたいのは、誤った地図を描くのは『これは現実ではありません』と示すためなんだってこと」

「あ、その話だったのか」

「なんのためにこんな話をしたと思ってたんだ？」

黒猫は天を仰いだ。星が一つも見えない。空には月があるばかりだ。池の月は霧に隠れて見えにくくなってきた。空の月も、そのうち雲の向こうへ逃げてしまいそうだ。こんな日は気持ちまで薄い膜で覆われてしまう。

「で、問題の地図は？」

3

「こっちが正しい地図、左のが問題の地図。所無《ところなし》駅周辺なのは間違いないと思う。どっちにも私の住んでるマンションがあるでしょ？」

「アラベスク」は三十年以上前に建てられたマンションで、建物全体に幾何学模様に絡みついた蔦《つた》がその目印になっている。母のゆふきがこのマンションに移り住んだのは、身籠ってすぐのことだった。当時、父なし子を産むことに対する周囲の反応は、まだ学生だったこともあり相当厳しかったようだ。そのため、母は実家を出るよりほかなく、「アラベスク」に越してきた。誰の手も借りずに育ててみせる、と言って。

マンションは本来の地図では右下に描かれている。ところが、問題の地図では左上に描かれていた。それだけではない。直線であるはずの大通りや線路は激しく歪んだ弧を描いており、建物の配列はぐちゃぐちゃで、地図の下半分に明らかに建物が偏って見える。

「どちらも手描きだけど、右のは商店街で配られる類《たぐい》のものだね。素人の手によるものだろうけど、町内を歩くにはこれで十分だろう。左のは、これはすごいよ」

外灯の柔らかい光が、二つの地図とそれを持つ黒猫の手を映し出す。

「え？　どうすごいの？」

「よく見てみなよ。定規やコンパスを使わずに引いたはずなのに、すっと伸びて、曲がるところでは躊躇《ちゅうちょ》なく曲がっている。一つ一つの建物の描き込みにしても、あたかもそこに初めからあるもののように自然に融けこんでいる。素人に描けるものではない。製図法を学んだ人間だろう。だが、そこに仕事のために描かれた地図のような厳格さはない。実用性よりも優美さにこだわった、プライベートな作品という感じだね。この地図は描き手にとって個人的に重要な意味を持っていたのだということがわかる」

「そう？　私にはただの目茶苦茶な地図に見えるけど」

「たしかに、建物の配置から街路の形、線路に至るまですべて現実とは異なるようだけど、さっき僕が言ったように『これは現実ではない』という標示であるとすれば理解できるものだろう。問題はむしろ、なぜこんな形に描き変えられねばならなかったのか、ということだよ。このような虚構を必要としたのはなぜなのか？　そして虚構であること以外に、誤った地図が意味するものは何なのか」

「な、何でしょう」

「真剣に考えてごらん。描き手の図式を探るんだ」

黒猫がこう言うとき、その頭の中にあるのはベルクソンの力動図式の概念である。彼の研究はベルクソン的美学の眼差しから芸術史を洗い直すというもので、彼がパリから持ち帰った論文第一弾『ベルクソンの図式から見るマラルメ』に学会は騒然となったものだ。黒猫がこの若さで教授になることができたのは、その論文に留学先の学長の推薦文というおまけがついていたせいもあるが、我が大学の学部長、唐草教授が論文に惚れこんで教授就任を熱望した結果だった。

ベルクソンがいう図式とは、あらゆるイメージの原点のようなものである。例えば、作曲家なら、あるソナタを作ろうというときの彼の頭の中に浮かぶ原風景がそれだ。創造の際には、作曲家は自身の図式にアクセスして、イメージをアウトプットすれば良い。

したがって、黒猫が描き手の図式を探れと言う場合、それは現象から作り手の原風景へと到達せよ、という意味になる。

「こんなのはどう？　描いた人は渡した相手が迷子になればいいと思っていた、とか」

「なら、ここまで無茶苦茶にしたりはしないだろう。これじゃあ私を信用しないでください、と言ってるようなものだよ」

「じゃあ所無駅に来たことがなかったのかも」

「地図をよく見てごらん。君自身がさっき指摘したとおり、この地図の構成要素は実際の街と同じなんだ。旅行者がよく知らない街の地図を想像で描いたら、こんな風にはならないだろう。それに、たとえ所無の地図を手に入れたとしてもやはり旅行者には無理だと思う」

「どうして？」

「視点の問題だよ。描き手は所無の街を熟知している。たとえば公園の位置にしても、実際の公園は非常に見通しが良く、向かいに交番が設置されているのに対し、この地図では公園と交番を極端に離して描いている。これは監視からの解放を意味する。また、実際には区画整理されて四車線に舗装された道路が、一方通行の道に見えるように縮尺されている。道が狭まれば、建物の距離が近くなり、影ができやすくなる。見通しが悪くなれば、犯罪は当然増えるだろう。ゲームセンターもこんな場所に配置されたら、悪ガキどものたまり場に変貌しないわけがない。

　それとは対照的に君のマンションのあるあたりは公園やシティホールなどの大きな施設

が隣接していて見通しがいい。建物の間隔にもゆとりがある。

いちばん不自然なのは道と線路の曲がり方だ。仮に直線を嫌ったとしても、この曲がり方はそれ以上に何か別の理由があるとしか考えられない。描き手は街の特質を知り抜いている。それも旅行者が観察するような好奇心からではなく、長いことここに住み、散歩しているうちに自然に体得した、という感じがする」

「散歩者の視点」

「そう。それからもう一つ、この地図ですぐに気づいたことがある。おそらく君も気づいただろう」

「匂いのこと？」

「うん。この地図は麝香《じゃこう》の香りがする。でもかなり微弱だ。それより植物性の芳香剤の匂いのほうが強い」

「へえ……」

その時になって思った。黒猫に見せたのは、ちょっと迂闊《うかつ》だったかもしれない、と。この男は明晰《めいせき》すぎるのだ。

「これ、いつ頃描かれた地図なんだろう？」

「んん、わからない。紙の感じからすると結構古そうだよね」

ドキドキする——次に来るかもしれない質問に。

が、黒猫が口にしたのは、質問ではなかった。

「ここに、地図の描き手とそれを渡された人間の関係が読み取れる」

「どんな関係が？」

黒猫はふっとこちらを見て、それから意地悪く笑った。

「さあ、それは今日家に帰ってからの宿題、ということにしようか。僕だって何もかもわかったというわけじゃないし、まだ調べなきゃならないこともある」

「ずるいよそんなの」

「ずるいのはそっちもいっしょだろ？　地図の出所をわざと伏せてるじゃないか」

「聞かれないから言わなかったんだよ」

「違うね。君は僕から適当にヒントだけ聞き出して、あとは自分で解決する気でいたのさ」

「ど、どうして……」

——どうしてわかったんだろう。

「だから、僕からのヒントはここまで。まあせいぜい、ない智恵を絞ってくれ」

いくらこちらが脳の回転が何周分か遅いとはいえ、ひどい言い草だ。黒猫の毒舌は学内でも有名で、この間も学部の女の子を講義中に泣かしたとかで会議沙汰になったほどだ。

その時「黒猫の場合は優しさの裏返しです」と教授陣に説明してやった恩人に今のように

毒を向けてくるのだから、もう知らないぞ、向かうところ敵ばかりになってしまえ、と舌を出したくなる。

「お腹が空いた。よし、帰ろう」

黒猫がそう言って立ち上がったので、しぶしぶ後に従う。闇に舞うホタルの光が夏の序章を飾っている。すっきりしない気分なのはたしかだが、そう言われればお腹はぺこぺこだ。黒猫特製のポトフとサーモンのマリネを肴《さかな》に、ほろ酔いになって帰るとしよう。そう考えると、多少元気も出て、さっきの毒舌も遠い過去の思い出になってきた。

「今日のメニューは？」

「ししゃもです」

「うっそー、やだやだ」

「なら帰れよ」

「ししゃものステーキとかにしようよ」

「全然わからん」

地図の謎をそのままに夜の公園を一周して出ると、すっかり霧の世界に慣れてしまったせいか、道路が妙に鮮明に見えた。前方を歩く男はほっそり伸びた脚を機敏に動かし、闇へ分け入ってゆく。その少し後ろを歩いていけば、怖いものなど何もないような気がしてくる。

病院の建物の間から月が顔を出す。黒猫は呟くように言う。

「オスマンも扇教授も、闇と夜を履き違えたね」

「今日の講演のこと？」

思わずそう聞き返す。

「ふふ、まあそんなとこ」

4

黒猫の家で満腹になってから所無のわが家に帰ると、母親は家中《いえじゅう》の床に研究の書類を散らかして、明日の学会に備えているところだった。こういう日は触らぬ神になんとやら。抜き足差し足で自室に行こうとしていると、

「お帰り」

珍しいこともあるものだ。母上が仕事の最中に帰ってきたこちらに気づくとは。長い髪を後ろで一つに束ね、眼鏡をかけて目のつりあがった仕事姿はちょっと近寄りがたいものがあるが、表情が和らぐと、どうしてこれがなかなかの美人なのだ。大学でもプロポーズしてくる教授が何人かいるが、どれもすげなく断っているらしい。

専門は『竹取物語』。昔から研究の話はしたがらない母親だったから、大学に入って授業の参考文献で母親の名前に出会ったときは驚いた。内容も非常にアグレッシヴでいて考証もきっちりやっている。当時の担当教授いわく、『竹取物語』研究では右に出るもののいない学者馬鹿」。最後の「学者馬鹿」というのが気に入らなくて帰ってから告げ口すると、母は笑って「ああ、あの先生ね。言い寄ってきたから無視してやったことがあるの。あなたも気をつけなさい」と。

大学という世界はどこよりも閉鎖的で、旧社会の構図をいつまでも引き摺っている。女が成功するためには男の何倍も努力しなければならない。それを実感するだけに、我が母親の偉大さがひしひしとわかる。母ゆふきは本当にここまでよくやってきた。女性で、それもシングルマザーというハンデを背負って。育児と研究の両立だって、相当難しかったはずだ。

「どうだった?」

講演会のことを聞かれていると気づくのに時間がかかった。

「ああ、うん、良かったよ。なんか難しかったけど」

母は柔らかい笑みを浮かべ、眼鏡を外した。

「お茶にしようか」

「そうだね」

「あんた、ワイン臭いわね……やだ、顔も真っ赤じゃない」

呆れたように首を振りながら台所に向かう母はすらっと背が高く、お茶を入れる慣れない手つきがいっそう魅力的に見えてくる。こんな風に年を取っていきたい、そう思う。

狭山茶を急須に入れながら、母は何事か考えているらしく、少し遠くを見るような顔になる。彼女にはよくあることだ。いくつかの思い出が重なり合って、現実の時間から母の心を奪って逃げて行く。それは少しの間のことで、すぐに彼女の心は帰ってくるとわかっている。だからどちらも何も言わない。女二人は、そうしてうまくやってきたのだ。何しろ、ずっと二人で暮らしている。年の離れた姉妹みたいなものだ。

そう言えば、出産以前の話はあまり聞いたことがない。学会発表が終わったら、一度聞いてみよう。

「ずいぶん散らかしてるね。今回はどんな内容なの?」

「『竹取の翁の物語』っていうのが本当のタイトルだってことは前に話したっけ?」

「うん、それ聞いたことある」

「物語を怪物にたとえるなら、タイトルはそれを閉じこめる檻のようなもの。通常私たちは檻のこちらから怪物を観察するわけだけれど、どうして実際の檻が『竹取の翁の物語』だとわかっているのに『竹取物語』だと思いたがるのかしら?」

「それはかぐや姫のイメージと結びつけるから……」

「でも竹のイメージって、最初のかぐや姫誕生の部分でしか出てこないでしょ？　むしろエンディングの月に帰るっていう印象のほうが強い。『かぐや姫』でも『月に帰るかぐや姫』でもいいじゃない？」

「それはやっぱりもとのタイトルに忠実なほうが」

「もとのタイトルから離れて勝手な名前で定着してしまった作品だっていっぱいあるのよ。作者不詳となればなおさら。なのに『竹取物語』は『翁』の一語だけが切り捨てられた。それはなぜか、という論文」

母はそう言って、食器棚から湯呑みを二つ取り出して並べ、お茶を注ぎ始める。

「結論は？」

「私の結論はこう。『人はもっとも見やすいように見る』」

「どういうこと？」

「これはね、距離の問題。『竹取物語』の主題を月と人間の距離だと考えると、たとえばタイトルが『かぐや姫』では月しか見えない。一方『竹取の翁の物語』では人間しか見えてこない。だけど『竹取物語』ならどうかというと、『竹』の中にはかぐや姫がいたから月の象徴として捉えられる。そしてそれを『取』るのは翁だから人間。これなら月と人間の物語ということがわかりやすい。ちょうど月も人間も視野に入るってわけなの」

「ううむ。タイトルとテクストの関係を論じるわけね」

「まあ、学会のおやじどもはいやがるでしょうけどね、こういうの」

「ぎゃふんと言わせてやってよ」

ふふふ、と穏やかに笑いながら、母はお盆に二人分のお茶をのせてやってきた。網戸の向こうから月が笑っている。

「明日は満月ね」

「あ、そうか」

「水無月の　夜ひそひそと　母娘」

「んん、現実とだいぶ違うけど、感じ出てるね」

二人で笑い合いながらお茶を飲んだりしていると、もうすっかり地図のことなんか忘れてしまう。でも、ふっと黒猫の顔が脳裏をよぎる。ちくしょう、あんにゃろめ。やってやろうじゃないの。お茶で余計に酔いが回ったみたいになって、しばらくしゃべったあと、自室に戻って再び地図と睨めっこ。

疑問点を書き留めてみる。
①地図の作者は何者か。また作成年はいつ頃か。
②作者はなぜあんな地図を描いたのか。
③地図はでたらめに描かれたのか、それとも法則があるのか。

③がわかれば②もわかるはずだ。③は黒猫の言を取るならでたらめではない、ということになる。ならば、そこにはなんらかの法則性があるはずだ。たとえば、この地図は地図ではなく、記号として捉えるべきなのかも知れない。建物の位置が実際の地図から一センチ離れていたらA、三センチならCというふうに。しかしそれでは線路や道路が弧状に歪《ゆが》んでいる意味がわからない。

だんだん頭が朦朧《もうろう》としてくる。少しワインを飲みすぎたようだ。帰りがけに黒猫が言っていたことを思い出す。

「たとえばこの地図には地番が書かれていない。そのことから、これが非常に個人的な地図だということがわかる。この地図はある特定の人物を想定して描かれている。つまり、その人物にだけわかるように描かれているはずなんだ」

「じゃあ、私たちにはわからないってこと？」

「細かいニュアンスまで汲み取るのは無理だろう。当事者じゃないんだから。ただ、その図式に限りなく迫ることはできるはずだ。ましてこれは二者の間のやりとり。一人の人間が自分のためにする行為よりはずっとわかりやすいはずだよ。地図というのは言葉を超えた微妙なものを伝え合う場だ、とロラン・バルトが言っている。手描きの地図は描く行為そのものに既に意味があるとさえ言えるんだよ」

少しの間意識が遠のいていた。口からわずかにたれた涎《よだれ》をタオルで拭き取り、周囲を見回す。誰も見ているはずはない。

働かない頭でぼうっと埃のかぶった蛍光灯を見つめながら、疑問点をもう一つ書き込む。

④母はなぜこの地図を保管していたのか。

＊

カーテン越しの陽光に瞼《まぶた》をくすぐられて目が覚めた。見れば午前十一時、なんとも微妙な時刻である。午前中に起きられたのは嬉しいが、午前も残すところあと一時間だと思えば悲しい。そんなことを考えながら、蒲団から半身を起こしてはみたものの、頭がうまく働かない。

もう一度眠りの世界に戻るか。

そう思っていると、枕元の携帯電話が鳴った。電話してきたのはなんと大学院事務室の滝田さんというおばさんで、実は学内のことをすべて管理しているのは彼女だともっぱらの噂である。彼女は相手の名前を確かめるでもなく、唐突に黒猫の苗字を口にし、何が何だかわからずにいるうちに話を始める。

……先生が今月二度目の無断休講なの。電話しても出ないのよね。

「はあ」

間抜けな返事だが、ほかに答えようもない。

……唐草先生が、あなたなら居場所を知ってるんじゃないかっておっしゃるんだけど。

冗談ではない。たしかに付き人役は唐草教授から依頼されたが、そこまで面倒見切れない。

……黒猫も二度も無断で休講するとは、何を考えているのやら。

……本当にあの先生ときたら、一見優雅で気が利《き》く感じなのに、意外とやんちゃだから困っちゃうわ。

「私は知りませんけど、メール入れておきますね」

……よろしくね。次、無断休講したら会議にかけますって。

「はい、伝えます」

やれやれ。昨日の段階では黒猫も元気そうだったから、たぶんただの寝坊だろう。年齢不詳、悟り顔、皮肉屋、それらはよく黒猫について言われることだ。優しさと意地の悪さの同居した笑みを浮かべた美青年は反面、非常に気まぐれで無鉄砲でもある。

眠い頭でメールを送る。

やーい、寝ぼすけ。次はクビだってさ。

少し意地悪なメールを送ったことに気を良くしていると、すぐに返信メールがきた。

地図の謎は解けたかな?

これからT大学の研究室に行ってきます。

T大学と聞いて、はてと考え込んだ。誰がいたっけ？　しばらく考えた挙げ句、ふと思いついて鞄の中から昨日の講演のビラを取り出すと、ああやっぱり。

T大学にいるのは扇教授だった。

5

「オスマンは月の存在を忘れていたのでしょうか？」

黒猫の問いに、扇教授はしばらく俯《うつむ》いて椅子をきちきちと軋ませていたが、やがて顔を上げ、

「妙なことを聞くね。忘れてはいなかったと思うよ。誰にとっても月は切り離せないものだ」

「それなら良かった。昨日の講演の中で闇と光の対立の話が出てきたので、オスマンは夜を漆黒の闇と捉えていたのだろうかと思ったのです」

「君は面白いね。たしかに昼と夜の対立は安易に光と闇の対立に置き換えられやすいが、昼にも影はあるし、夜にも光はある。月に星、雪。月の満ち欠けで光の加減もさまざまだ。

そうだね、そういう意味では昨日の私の講演の括り方は少々乱暴だったかな」

「いえ、そんなことはないと思います。実際、ガス灯以前にレヴェルベール灯の普及があったとはいえ、当時の闇の深さは依然として現代では想像もできないほどだったでしょう。ただ、こうも考えられないでしょうか。オスマンは月の光に憧れたのだ、と。言い換えるなら、オスマンは地上に月を作ろうとした」

「また、突飛なことを言うね」

だが言葉とは裏腹に扇教授の表情は険しくなり、目は鋭い光を帯びている。

「突飛ではないでしょう。夜の闇を消すことは月を不要のものにすることです。街が明るければ月はぼやけますから。そしてそれは月に成り代わることでもあると思います」

「面白い。面白いが、それは研究に繋げられるかね？」

「そうですね、ただの解釈の話だと思って聞いてください。こんな結論はどうでしょうか。オスマンは月の住民を自分の街に住まわせたかった。あるいはそれを欲したのはナポレオン三世のほうかも知れません。パリ改造計画の発案は、彼のものだったといいますから」

「なるほど、面白い解釈だよ。都市計画の最中、首謀者の頭の中にはとかく幻想が入ってきやすいんだ。それも無理はない、計画の段階では常に街全体を掌握することができるからね。その意味では権力者たちもまた、現実から離れて虚構に浸っている芸術家と言えるかも知れない」

「頭の中にあるときはすべてが完璧です。その意味で、ユートピアの最終的な到達地点は各々の頭の中と言えるでしょう。そして人間ははるか昔からその点を本能で理解しているのです。しかし、人間は止まることができない。

オスマンもまた、闇の消去などしないほうが良いと思いながら——もちろん彼は雇われているわけですから仕事は放り出せないでしょうけど——それでも彼自身のユートピアを具現化したい誘惑には勝てなかったでしょう。だからこそ彼は自らを『芸術の虐殺者』と呼んだのではないでしょうか」

二人の視線が激しくぶつかり合う。今、この人たちは言葉の上で戦っているのではない。言葉を超えたところで探り合っている。一体何を？　それがわからない。

「たしかに、その言葉には傲慢さと自虐が綯《な》い交ぜになっているという気はする。彼は芸術家でありたかったにもかかわらず自らそれを殺してしまった。それは誇りにもなり、同時に激しい後悔にも繋がっていただろう」

「しかし、こうも考えられるのです。月の美しさを自分だけのものにするには、現実の月などなくなってしまったほうがよいわけです。そこで月の光を必要としない、それ自体が月である虚構の都市パリを作り上げることによって、彼は空の月の美しさを自分の内部にのみ所有することを可能にした、と」

「詭弁《きべん》だな」

それまでになくきつい口調で扇教授はそう言い放った。が、黒猫は気にせず続ける。

「オスマンは『虐殺者』であるわけですから、犯罪者意識はあったでしょう。そして自分の行為について解釈されることを望んでいたかもしれません。犯罪者が探偵の存在を必要とするように、オスマンもあなたも、ともに解釈されることを望んでいたのではないか、というのが私の考えです」

黒猫はそれから、ドアのそばに立っていたこちらを振り返って言った。

「紹介するのを忘れていましたね。彼女の名前は……」

黒猫が名前を言う。

すると、扇教授の顔に驚愕とも悲痛とも取れる表情が浮かぶ。

「今日はお時間を取っていただき、誠にありがとうございました」

黒猫のそらぞらしい言葉が室内に響く。

扇教授は呆然とただこちらを見つめ続けている。

「失礼します」

黒猫が一礼して部屋を出た。慌てて彼の後を追おうとしたとき、扇教授に呼び止められた。

「お母さんはお元気ですか」

「……ええ、今日も学会で発表しているはずです」

「それは、何よりです」

昨日の講演の威厳はどこかへ消えて、ただ疲労の末に優しさだけが残った顔がそこにある。

この人の目をどこかで見たことがある。どこで見たんだろう。

「失礼します」

逃げ出すようにして研究室から出る。廊下の突き当たりで黒猫が待っていた。指でエレベーターを指し示す。コクンと頷き、二人でそちらへ向かって歩き出す。

エレベーターを待っていると、黒猫が口を開く。

「どうして来たんだ？」

「あれは来いって意味でしょ？」

「さあ、メールなんか滅多に送らないからね。何か余計なことを書いたのかな？」

なんと白々しい奴。

食ってかかろうとしていると、チン、と絶妙なタイミングでエレベーターの扉が開く。

乗りこみながら黒猫が言う。

「今日の予定は？」

「あのね、私はあなたの秘書じゃないの。あなたは午後もたんまり講義があったと思いますけど、私は知りません」

「何を怒ってる？　僕が聞いているのは君の予定だよ。どうだい、少しお茶を飲んで帰らないか」

T大学校舎をあとにしてしばらく歩くと、無縁坂がある。森鷗外の『雁《がん》』が好きではないからか、無縁坂に対してもあまりいい印象を持っていなかったが、そのゆるゆるとした傾斜を下っているとたしかに風情がある。

「鷗外ってナルシストだから嫌い」

不機嫌になって言うこちらを、黒猫は静かに笑う。

「無縁坂には昔、無縁寺というお寺があったんだ」

無縁仏を弔う無縁寺。

ゆかりのない孤独な死者を弔う場所。

「行く当てを失った魂、行く当てを失った恋」

言われてハッとする。そうか、鷗外は報われない恋の死を無縁仏になぞらえたから、無縁坂を舞台に選んだのか。こちらの考えを否定することなく、さりげなくべつの見方を教える。そんな黒猫の流儀のせいか風景まで一段と美しく見えてくる。

無縁坂を下りると、今度はかつての藍染川の流れに沿って不忍池の北側を歩く。ともに手にはペットボトルのお茶……。

「ところで……お茶ってこれですか」

「西武線沿線を住処《すみか》とする我々には、こっちに出てくる機会なんて滅多にないんだ。上野公園まで歩こうじゃないか」

やっぱりそうか。そうだったのか。

いや、それはそれで風情があってよろしいのだけれど……。

「こんなことなら日焼け止めクリームを塗ってくるんだった」

「こっちが日陰だから、代わろう」

黒猫と左右を入れ代わる。たしかに池から離れたほうが日陰である。彼はこちらの様子を気にかけるでもなくすたすたと歩いていく。

「手描きの地図は、ある特定の他者を想定している。そしてその人にとってわかりやすいように描かれていなくてはならない。そうでなければ、それは地図ではないということなんだよ」

「『地図ではない』?」

「それは概念であり、時間をかけて解かれるべき暗号だ。時に作者は積極的に自己を殺し、解釈者の解釈行為にすべてを委《ゆだ》ねる。そのようにして自己の作品の行方を想像するところに、カタルシスを覚えるんだ」

「『カタルシス』とはまた、ずいぶん話を大きくしたものね」

「いや、大きくなんかないよ。カタルシスってのは芸術に特有の概念ではないんだ。広く医療や精神衛生に関する浄化のことを言うのだから、人の一生の中に幾度となく訪れるものだよ。美しい思い出や、旧友との再会なども、個人にとっては大いなる浄化作用が認められる。僕がここで言うカタルシスはプラトン的なものではなくアリストテレス的なもので、アリストテレスは負の感情を浄化する点で悲劇にこの効用があるとしている。したがって、これが芸術概念ではなくて現実生活で用いられる場合には、憎しみから愛情への変化、苦しみの後の死、許されぬ恋の成就などがこれと符合することになる。だから僕が今カタルシスという語を用いたからといって少しも大げさではない」

「はいはい、わかりました。よくそれだけ舌が回るものね」

「地図の作者の想定する特定の他者が解釈する際にも、やはりカタルシスがあったに違いない。だからこそ、この地図は君のお母さんの簞笥《たんす》の中にずっと大切にしまわれていたんだ」

やはり、わかっていたのだ。初めに指摘しないのは相手の好奇心を台無しにしないための配慮か、ただの意地悪か。

「何年もの間匂いが染みついていたくらいだから、相当値の張る香水を振りかけたに違いない。最愛の人への贈り物に特別な香りをつけるなんて、ロマンチックな男性の考えそうなことじゃないか。君のお母さんはその贈り物を大事に簞笥の中にしまっておいた。だから植物性の芳香剤の匂いがしたんだ。君がどのようにしてその地図に出会ったのかも想像に難くない。君は学内の研究会以外で誰かの講演会なんかに行ったことはなかったから、フォーマルな場所と聞いて何を着たらいいかわからず母親のスーツを拝借した。その時に地図を見つけたんだろう。そして、君は昨日一日、地図のことばかり考えていたってわけだ」

「でも、どうして母のって……」

「君のお母さんは柑橘系の天然素材を防虫用に芳香剤として使用しているはずだ」

母は柑橘系の香りがするアロマオイルを防虫効果があると言って使っていた。でも、どうしてそれが母のものだとわかるんだろう？

「君の昨日の服から同じ匂いがした。あ、それから大学の卒業式のときも同じ匂いがしたね」

「あっ……」

卒業袴はたしかに母の箪笥にしまってあった。しかしそんな昔に嗅いだ匂いをしっかり覚えているこの男って……。

「黒猫って、本当に猫なんじゃないの？」

「君の五感が麻痺してるだけだよ」

「あのね……。まあいいわ。で、地図の作者は誰なの？」

「おいおい、僕が何しにT大学まで来たと思ってるんだ?」

……ということは、まさか。

「そうだよ、扇宏一その人だ」

6

「まず、あの講演会のビラは君のお母さんから回ってきたんだよね。よく考えれば、『竹取物語』の研究者とオスマンの研究者じゃあ接点がない。考えられるとすれば、学生時代あるいはそれ以前の知り合いだ。そうすると、この地図は、二人が知り合いだった時期に描かれた可能性もあるわけだ」

「でも、そんなのただの推論じゃない」

「推論だよ。ただ、卒業後じゃないだろうな。でもまあそれはあとで触れるとして」

気になる言い方だ。

「この地図を見たとき、かなり学問的な対象として地図を学んだ人間の描いたものだとすぐにわかった。それ以前に匂いから君のお母さんのものだろうと見当をつけている以上、昨日の今日でその知り合いである建築美学の研究者が浮かばないほうがどうかしてる。

しかし、たしかにこれでは推論の域を出ない。そう思ったからこそ昨日ははっきりと答えを言うのをためらったんだ。もっとこの地図とじっくり向き合う必要があった。そしてその結果、僕は地図の象徴するものを読み取ったんだよ」

「地図と向き合う」と彼は言ったが、地図はこちらの手元にあるのだ。昨夜、どのようにしてこの問題と向き合うことができたと言うのだろう。しかし、それは黒猫のこと。頭の中に写真のように焼きつけたのに違いない。まったく、恐るべき男だ。

「一体この地図は何を意味するの？」

上野公園の入口に着いた。

紫陽花が、不似合いな日差しを浴びて顔をしかめている。藍色の寄り集まった姿は、しっとりした六月の美しさを知っているのだ。

「まずはじめに僕が言ったように、間違った地図を描く行為は、それが現実ではないということを意味している。つまり、その中に描き込まれた現実を虚構化することにほかならない。

さて、今回の場合、現実の建物、道路、線路といったものは配置を大幅に変更させられている。ほとんど目茶苦茶と言っていいくらいだ。しかしこの中に二つだけ現実と位置の変わっていない建物がある。ひとつはマンション『アラベスク』、もう一つは照明デザイン店『エヴァンタイユ』

「ちょっと待って。位置は同じじゃないはずよ」

確認するために鞄から地図を取り出す。

マンションも照明デザイン店も全然違う位置にある。黒猫が何を言っているのかわからずにいると、

「扇教授の作った地図は南北が逆になってる。これも現実の虚構化だろう。そしてそこには反倫理の構造も見て取れる。逆さにしてごらん。ちょうど同じ位置に来るはずだよ」

逆さにしてみる。すると――。

「あ、ほんとだ」

「南半球と北半球を反対にした地図というのがあるだろ？　着想はあれと同じだろうと思う。地図をもとに戻そうか。まだほかにも気づくべき点があるよ。ほら、地図の上部にある道路や線路が同心円の弧を描いている。中心は『アラベスク』だ。そしてほかの建物は道路や線路の弧に沿うように配置されている」

「え？　そうなの？」

「一見『アラベスク』がこの地図の中心だとはわからない。でも作者にその意図があるのは明らかだよ。よく見てごらん。『アラベスク』に近い建物は全部片仮名、次いで平仮名のものが交じってくる。少し離れると、一部漢字を使用したものが含まれる。そして外部へ向かうにつれ、片仮名、平仮名は完全に姿を消し、漢字だけの建物名が並んでいる」

見れば、たしかにそのようになっている。なるほど、と思う。でも、だから何だと言うのか。

「君は速読法というのを知っているかい？」

「うん、聞いたことはある」

「そのひとつに、まず言葉を言葉として捉えずに濃淡で捉えるやり方がある。密度が濃いのは日本語では漢字。淡いのは平仮名、片仮名だ。画数が少ないほうが、余白が多いぶん色は淡く見える。この地図をよく見ると、外側に行くにつれて漢字の画数も増している。『アラベスク』から遠い部分を色で表わすなら黒、近い部分は余白が多いから白に近い。公園やシティホールなどの大きな施設が隣接しているのは土地の広さの分だけ余白が多く取れるからだ。それに対して、外側に追いやられている建物の名前を見ると、『清龍』『紫藤法律事務所』『所無警察署』『酒傳之疏』『渚劒道防具店』と画数の多い店ばかりだ」

ふっと、視界が晴れた気がした。何かが見えた。たしかに今、何かが見えたのだ。

「闇と、光」

「よく気がついたね。光の発信源はマンション『アラベスク』だ。そして闇を照らし出すように、光の輪が広がっている。道路や線路の弧状の歪みがそれだ。だが光はすべてを照らしているわけではない。『アラベスク』から離れるほどに光は徐々に届かなくなっている。そして地図の一番下の右端は『アラベスク』から最も遠いために非常に暗い。しかしその中でひとつだけ……」

「片仮名の名前の店がある」

「そういうこと。それが照明デザイン店『エヴァンタイユ』。『エヴァンタイユ』というのはフランス語で『扇』を意味する。扇氏のプロフィールにはこう書かれている。〝一九六×年、S県所無市の照明デザイン店『エヴァンタイユ』の長男として生まれる。父から照明の歴史を学ぶうち都市改革の歴史に興味をもつ〟。

闇の中で一点、闇に染まり切らない存在、人間の象徴でもあり、照明という科学の象徴でもある。君のお母さんの研究は『竹取物語』だね。その主題は理想と現実、美と醜の対立などさまざまなものが考えられるが、やはり直観として捉えられる主題は月と人間の距離感そのものだと思う」

母と同じことを言う。

「一切の差異を作り出すのは距離でしかない。人間の愛情にしても同じだろう。倫理的な問題を抜きにすれば、愛情なんてそこかしこにばら撒けるはずのもので、そこに違いが生ずるとすればそれは距離だけだ。その距離に納得できないとき、人は悲劇を求める。最終的に現実の諸々の感情もすべて虚構に閉じこめ、距離を消し去る必要が生じる。悲劇はそうして生まれるのさ。『竹取物語』というのは日本の生んだ最初の悲劇作品でもあるわけだ。

　扇教授が君のお母さんのことを深く愛していたとしよう。ところが、彼には既に婚約者がいた。君のお母さんは彼の婚約者から略奪するような真似を好まず、身を引く。扇教授は今すぐ婚約を解消すると言ったかも知れない。でも君のお母さんはそれを許さなかった。互いに愛し合っているとわかっているのに、すぐそこにある思いを手に入れることのできない扇教授は、己の魂の浄化を、そして君のお母さんの浄化を、そして報われぬ恋自体の浄化を求めてこの地図を作成したんだ。二人の距離を月と人間になぞらえて。

　君のお母さんをかぐや姫にたとえることによって、扇教授は自分の思いを浄化させたんだ。君のお母さんも彼の意図を理解した。そして彼女もまた浄化された。だからこうしてこの地図は現存しているんだろう」

　黒猫はペットボトルのお茶を飲み干し、それを近くのゴミ入れに向かって投げた。くるくる放物線を描いてゴミ入れの中へと吸い込まれていく。

「これは仮説に過ぎないんだけど、扇氏が君の名前を聞いたときの様子から察するに、彼は名前を知っていたんじゃないかと思うよ。お母さんから聞いていたんだろう。娘がいること、その父親が自分であること」

「私の、父親？」

「仮説だよ。でもそう考えると辻褄が合う。教授がオスマン研究を始めたのは大学卒業後、つまりこの地図を描いたあと。彼は光に憧れる芸術の虐殺者オスマンに、婚約者がいながら君のお母さんを愛した自分を重ねたんだろう。そして『犯罪者』は二十数年、『探偵』を待ち続けていた。君のお母さんはもう一生彼に会う気はないんだと思う。だから彼は自分の描き上げたユートピアに縛られて今後も過ごさなくてはならない。でも内なるユートピアは解体されることを望んでもいた。そして僕が君を連れて現れたことによって、彼はようやく現実との間に一致を見出すことができたんだ」

「そんな……でも二人が恋人同士だったのは、私が生まれたあとかもしれないでしょ？」

そうだ、子どもがいたって独身なのだから、恋愛の一つくらいしたっていい。

「たしかにこれは仮説の域を出ない。でもね、君が生まれたあとってことはないと思うよ。大学院に入るのと前後して扇教授は父親を亡くしている。それとともに『エヴァンタイユ』はお弟子さんに受け継がれて『エバンテ』に表記が変更されている」

平日の上野公園は妙にがらんとして淋し気だ。

日が翳り、足下を風がくすぐり始める。空に薄闇が伸びてゆくと、そこにぽっかりと丸い穴が浮かび上がる。

そうだ、今日は満月だっけ。

切り取られたように明るい真ん丸の穴。まるで地上に落ちた姫を求めて、何もかもを吸い込もうとするみたいに、今夜はひときわ大きい。

「でも、そんなの……。許せないよ」

「これは君の問題じゃないんだ。大事なのは、二人がそれを虚構に閉じこめたいと望んだ、ということだよ」

公園の出口が見える。その先にも道は続いている。この周辺を何度訪れても、空虚な気持ちになるのはなぜなんだろう。そんなことを思う。不思議なほど気持ちが動揺していないのは、解釈者が黒猫だからかも知れない。この男の複雑な優しさが、静かに染みてくる。

父親なんて存在しないし、してほしくもない。

そう思い続けてきた父親が急に顔を持つことは少し恐くもある。さっき扇教授の目をどこかで見たことがあると思った。それもそのはず、あれは自分の目だったのだ。

でも、今までの人生でも父親の影などなかったのだから、いま生きていますと言われたところで、相変わらず自分とは繋がりがない。

むしろ母への認識が変わったことが重要だ。この地図の中には、男っ気もなく研究熱心な母の恋が、永遠に埋まっている。気丈な母の、一生に一度の恋が。

世界はいくつもの層から成り立っている。自分の知らない世界がいくつもあって、そこでは、物事が自分の住む世界よりもほんの少しだけ複雑に絡み合っている。

早く帰って母の顔が見たくなった。

帰りの電車の中で黒猫は地図を手に、かくんかくんとうたた寝をしていた。昨夜寝ずに地図のことを考えていたのだろう。滅多にない光景だけに、起こさないでよく観察して、後で強請《ゆすり》のネタにしてやることにした。時折肩に寄りかかってくる黒猫の顔はあどけない少年のように見える。

S公園駅で起こし、一緒に降りる。

「ああ、よく寝た」

「寝すぎ。私の肩に涎つけたよ」

「ふん、誰が信じるか」

それから、黒猫は地図の匂いをもう一度嗅いだ。まるで物語の記憶の断片を探るように。

黒猫が差し出した地図を黙って受け取りながら、ふと疑問が湧いた。

「でも、お母さん、なんで扇教授の実家と同じ街に住んだんだろう」

「あのあたりは物価も安いから、シングルマザーが新しい生活を始める場所としては手ごろだったんだろう。実際同じ街でもあれだけ離れていればべつの街にいるのと変わらないと思うよ。嫌いで別れたわけじゃないんだし、二度と会わないと心に決めていればどこだって良かったんじゃないかな。それに所無って『ない場所』って意味だろ？」

「あっ」

「ユートピア」はギリシア語の否定辞である「ウー」と、場所という意味の「トポス」がくっついてできた言葉だ。したがって意味は「どこにもない場所」ということになる。「所無」も言われてみればユートピアなのだ。

霧がより深くなる。すっかり陽の暮れた道路の向こうにS公園が見え始める。黒猫が霧を吹き消すように口笛を吹く。曲名もわからぬその口笛に聴き惚れるうち、母のユートピアの中を歩いているような気分に襲われた。そこにいくつものイメージが重なって複雑な色彩を作り出している。オスマンの夢、竹取物語、モルグ街……。

ここは今、遠近のないユートピア。

第二話　壁と模倣

■黒猫

The Black Cat, 1843

語り手である私は、齢を重ねるとともに、酩酊しては暴力を振るうようになる。その対象は愛猫といえども例外ではなく、衝動的に片眼を抉りだしてしまった。最初は悔恨の念を抱いた私だが、再び自分の中にある〝天邪鬼の精神〟が目覚め、黒猫を絞殺する。

その夜、私の家は炎に包まれた。家族はみな無事に逃げだすことができたが、全財産を失った。唯一焼け残っていた壁には、猫の姿が映し出され、しかもその首の周りには、縄が一本巻きついていた。

非道な行いを悔いた私は、新しい猫を引き取るが、前の猫との出来事を思い出させる容貌に耐え難くなり、再び猫を殺そうとする。それがさらなる悲劇を招き……。

ポオの代表的な短篇小説のひとつ。映画化もされている。

本篇では『黒猫』の核心部分に触れています。

1

あれは三年前、大学四年のときのこと――。

今思えば、あの日こそが、後に起こったゆらめく猛暑のさなかの事件のプロローグだったのだ。

夏休みを目前に控えたその日、大学のカフェテラスでは、就職活動にもひと区切りがついた同期の友人たちが、旅行の計画を立て始めていた。そこには、卒業論文にすぐさま取りかかろうという殊勝な心がけの者は、自分も含めて誰もいなかった。皆テラスの腰の痛くなりそうな椅子に思い思いの姿勢でしなだれかかっていた。

ミナモがその男を連れてきたとき、カフェテラスには唐草ゼミの五人の学生が集まっているところだった。うち四人が女で、一人黒猫だけがわずかに離れた場所でハンスリックの本を読んでいた。

黒猫。もちろんこれは渾名なのだが、本名で呼ぶ者はいない。命名はゼミの指導教授にして学部長の唐草教授である。彼の奇抜な論理の歩き方を評してそう言ったのが最初だった。唐草ゼミに入ることになったのが大学四年の五月と比較的遅かったせいか、黒猫ははじめゼミ内でも一人でいることが多かった。しかし、それは彼のもつ雰囲気が安易に話しかけることをためらわせていたからで、実際には、優雅さとシニカルさの絶妙なバランスでこちらを楽しませてくれる黒猫を、ゼミの女の子たちは慕っていたのだ。にもかかわらず黒猫は、大抵テラスの片隅で人混みを避けるようにして書物に視線を落としていた。ゼミの連中は昼休みになると、彼の席からわずかに離れた円卓に陣取り、くだらないおしゃべりの合間にさりげなく声をかけるのだった。なかでもミナモは、見ているこちらが赤面してしまうほど積極的にアプローチしていた。

この日もミナモは、大胆に胸元の開いた白いミニのワンピースで登場すると、テラスに入ってくるなり読書中の黒猫のテーブルに高貴な笑みをたたえて接近した。ミナモに気を取られていたため、ちょっとふてくされたような顔で彼女の後ろをついてくる男の存在にはしばらく気づけなかった。

ミナモはテーブルに身を乗り出してこう言った。

「黒猫、あなたじゃなくって？　昨日のピアノ」

黒猫は左手で顎《あご》を擦り、遠くを見るような目になった。記憶を辿るときの彼の癖だ。

「さあね。君がいつ頃の話をしているのかによるよ」

ミナモの話をまとめると、どうもこういうことらしい。昨日の夕方近くに学生ホールの前を通ると、ドビュッシーの『花火』が聴こえてきた。「ワグネリズム」で卒業論文を書こうとしている彼女だから、同じ一九世紀の反ワグネリアン派の音楽くらい当然知っていた。それが早弾きを得意とするピアニストにとっても難曲であるということも。ミナモは演奏にゆっくりと身を沈めていき、しばし時間を忘れた。

だが、演奏は途中で止んでしまった。彼女は続きを聴きたいと思ったが、再開されることはなかった。がっかりしていると、ホールの扉が開き、中から黒猫が現れた、というわけである。

「なんでその時に声をかけなかったんだ？」

黒猫がわからないという風にミナモを見た。

「あんまり驚いて声がかけられなかったんですわよ」

「ふうん」

「そんなことより、あなたったらピアノまでお弾きになるんですのね」

『まで』ってことはないよ。ピアノ以外に弾けるものなんかない」

「いいのよ、そんなの。ねえ、ずっと習ってらっしゃったの？　私、あんな風にうねるような『花火』を聴いたことがなくってよ」

これらの言葉遣いがミナモの生来の話し方なのだと皆が理解するのに半年を要した。ミナモは彼女をよく知らない人間からは誤解を受けやすい。とくに同性からは男に媚びていると嫌われることもしばしばである。だが、彼女にその気がないことは付き合っていくうちにわかる。彼女は黒猫以外の男にはまるで興味がなく、むしろ性根はさばさばしていてそのへんの男よりよっぽど男らしいのだ。

「君は勘違いをしている。僕のピアノはさほどうまいわけじゃない。間違わずに弾けるという程度のものだよ」

「いいえ、そんなことなくってよ。私の耳に狂いはありませんの。あれは私が聴いた演奏のなかでも最高の……」

「学生ホールからピアノの演奏が聴こえてくることを君は予想していたかい？」

「え？　それは、予想していませんでしたわ。でもそんなことが関係あるのかしら？」

「コンサートで聴く演奏と、何気ない瞬間に聴く演奏、どっちが素晴らしく聴こえるかはわかりきっている。それほど集中して聴いているわけじゃないから、欠点が見えにくくなるのさ」

「まあ！　私は集中して聴いていましたわ。おほん、ところで皆様、ヴァカンスの予定はお決まりになりました？」

一同、ミナモの強引な話題の転換にきょとんとしていたが、彼女はそんなことは気にしない。

「関保《せきまた》君のことは、ゼミで一緒だからお顔くらいご存知でしょ？」

そう言ってミナモは自分の左にいる男を指し示した。男は、だからと言って挨拶をするでもなく、変にプライドの高そうな鼻先で夏の湿気と戦っている。厳つい赤ら顔をてかてか光らせ、品定めするような視線で全員の顔を眺め回す。

関保君は同じゼミとはいってもほとんど参加しないので、顔と名前くらいしか知らなかった。風貌は、どことなく陰険。今年ゼミに入った三年生の中ではいちばんの切れものであると聞いているが、どこか人を見下したような目つきがどうしても好きになれなかった。こうして実際に接する機会を得ても、やはり友達になれる自信はまったく湧いてこない。

「彼、軽井沢に別荘をお持ちだそうなの。それでね、もしまだ予定が決まっていないようなら皆さんどうかしら？　一泊二日で軽井沢旅行というのは」

おいしい話となれば、もぐらでも藪蚊《やぶか》でも使えるものは使うという思考の女子たちばかりだが、このミナモの提案への反応はよろしくなかった。理由はもちろん関保君にあるのだが、それがわからないのが我らがミナモである。

「みんな異論はないわよね」

よし決定、と国会なら暴動が起こるような強引さで決めてしまう。おいおい、と異論の一声を上げない女子集団も悪い。我関せずを決め込んでいる黒猫はもっと悪い。などと考えていると、黒猫が突然口を開いた。

「関俣君……だったよね？」

関俣君は相変わらず人を食った態度のまま黒猫のほうを向く。

「君の論文は面白くないことはなかったよ」

関俣君はその言い方が気に入ったように笑おうとして、結果少しもうまくいっていなかった。

「誉めていただいていると受け取ってもよろしいんですかね？」

「ただの感想だよ。僕にわかるのはひとつ、このままいっても君はいい研究者にはなれないってことだ。実態から離れた研究ほど虚しいものはない。君はいまだ黴《かび》の生えた世界に根拠のない憧れを抱いている子どもだ。ニーチェの研究をするにしても、無闇矢鱈《やたら》とテクストを解体して都合のいい自論を展開する前に、ニーチェの思想を骨の髄まで体感する必要があるだろうね」

関俣君の顔が見る見る赤くなっていく。

「だが、君には才能がある」

黒猫の言葉で、今度は傍目にもわかるほど気分を直したのが見て取れた。

「使い方を間違えないことだよ」

最後の注意を関俣君が聞いていたかどうかはわからない。というのも、彼は満足げに鼻を鳴らし、ミナモのほうをじっと見ていたのだから。

黒猫はといえば、そんな関俣君を見てわずかに微笑んだだけで、また読書に戻ってしまった。

＊

皆がバイトだ授業だと言ってテラスから去っていくと、広々とした空間に黒猫と二人で取り残される形になった。

「ねえ、黒猫クン」

「あのさ、もうそろそろクン付けやめてくれない？」

「わ……そうだった、ごめん」

先週も注意をされたところだった。まさか、人を緊張させるオーラを出しているあなたが悪いのですとも言えない。

「黒猫、さっきのはちょっとひどかったんじゃない？」

ずっと気になっていたことをようやく切り出した。だが、黒猫は本から目を離さずに答える。

「もし彼が研究者としての道を選ぶ気であれば、誰かが言わなきゃならないことでもある。僕の言葉でめげるくらいなら研究者には向いていないのさ。彼の父親同様にね」

「彼のお父さんは有名な人なの？」

「まあ、その筋ではね。でも著作で有名というより、自殺で有名というべきかな。関口高《たか》志《し》、といえば名前くらいは聞いたことがあるだろう？」

「あ、知ってる。書店でたまに見かけるよ」

背表紙の記憶だけを頼りに言った。本を読むより背表紙を眺めているほうが好きな質《たち》だから、読んだことのない本でもインプットされてしまう。

「現在手に入るのは『一九世紀、不可視の壁』と『ニーチェの壁』」

「壁が好きなのね」

「壁の概念を解体しては新たな解釈を生み出すことを繰り返すうち、己の壁にぶち当たって自殺。先鋭的であろうとするあまり論理の逸脱や粗が目立つから、学会からはあまり相手にされていなかったと聞いている。実際、彼の著作をいくつか読んだが、どれも視点がユニークで面白く読めるものの、結論に至ると破綻《はたん》してしまうんだよ。思うに学者には向いていない、むしろ物書きにでもなっていたら良かったのかも知れない。だが、彼は学界という壁の外へは出たくなかったんだろう。十二年前、座談会で研究者から論理矛盾を指摘された三日後、自宅で首吊り自殺をした。関口君は当時まだ十歳にもなっていなかったと思う」

「関口君とお父さんには似たところがあるの？」

「少なくとも、文体は似てるね。というより、そのままだな。接続詞の選択、語の順序、文の結び方、どれもこれも同じだ。コピーは言い過ぎかもしれないが、しかし模倣という言葉が適当かというと、それもまた微妙だ」

「コピーと模倣って違うの？　だって模倣犯は英語でコピーキャットって言うじゃない」

「たとえば殺人犯Aがサモトラケのニケを真似ようとして何年も素材――生身の女性の身体――を選び、絶好の機会を待って傷つけぬように薬で眠らせ、慎重に体を切っていき、最終的に人間トルソーができあがったとする。この場合、そこに模倣行為を認めることができる。

　ところが、殺人犯Aのオブジェをタブロイド紙で見たBが、近所を歩いている女の子を殺し、首と手足を荒っぽく切断したとする。この場合、殺人犯Bは殺人犯Aを模倣したとは言えない。彼はただコピーしたに過ぎない。ここには結果が似れば良いという意思が見えるし、BにはAの精神を獲得しようという気はない。彼が欲しいのは結果だけだ。だから、模倣とコピーの違いは、前者が精神と行為に関する概念なのに対して、後者はでき上がった結果だけを指す概念だということになる」

「関俣君の論文が模倣かコピーか微妙だっていうのは？」

「彼の現在の論文が単なる模写の段階、つまり習作の段階であって、真似るという行為がある目的のための手段なら、彼は父親を模倣していると言える。しかし、目的が父親の書物そのものにあり、結果が似ていればいいという考えで真似ているのであれば、彼は父親の書物をコピーしているということになる。もしコピーなら彼の人生の目標は研究者になることではなく、関俣高志の論文の贋作者になることだ、と言えるだろう。

さっき僕が彼を責めたのもこの点なんだ。彼の論文を読むと、関俣高志を真似ること自体が目的であるように見える。模範に近づくことの先により高次の目的がなければ、〈滑稽な模倣〉と言われるか、コピーと勘違いされるだろうね」

「関俣君の模範はお父さんなのね」

「当面はね」

「当面？」

「愛情の対象を見つけたとき、同時に模範も切り替わるだろう。彼の場合それがあまりに露骨だから問題なんだ。創造性に欠けると言うべきか……。それも、母親が父親の自殺する三ヶ月前に失踪していることと関係しているのかも知れないけど。ただ今日見た限りでは、模範を切り替える兆《きざ》しが見られるね」

「え？　どういうこと？」

黒猫は意地の悪い笑みを浮かべ、そのうちわかるよとつけ加えた。彼が図書館に用があるからと行ってしまうと、テラスに一人残された。ひぐらしが遠くで鳴き始め、猛暑の予感が首筋を伝ってきた。

自動販売機でカフェオレを買い、一気に飲み干しながら、頭上を飛ぶ飛行機を目で追った。

こうして待ちに待った夏休みがやってきた。

2

次に黒猫と会ったのは、八月の半ば、関俣君が亡くなった一週間後のことだった。

先日カフェテラスに集まった女五人が、約束どおり軽井沢にある関俣君の別荘を訪れた最中に、彼は首吊り自殺を遂げたのだ。

黒猫は当時まだ阿佐ヶ谷に住んでいて、彼の家まで行くのに電車を三度乗り換えなくてはならなかったから、着いたときはすでに汗だくだった。

ドアから顔を出した黒猫は、険しい顔で中に入れてくれた。どうやら徹夜明けの様子。

恐ろしく簡素ですっきりと整理された彼の部屋に通され、薄茶あられを出してもらう。

「よく迷わず来られたね」

「地理には強いんだよ」

嘘だった。

前日、電話で黒猫に関俣君の訃報を伝え、そのことで話がしたいと言ったところ、懸案の論文をまとめるから家を空けたくない、と口頭で家までの道順をアナウンスされた。だが、外国語でも日本語でも聞き取りが苦手なこちらはまんまと「銭湯」と「ラーメン屋」というキーワードだけ書き取ったものだから、案の定迷子になった。最後は念のため持参したゼミの住所録をたよりに地番を調べてどうにかたどり着いたのである。

「そのわりによく歩いたようだね」

「……」

額の汗を見て黒猫が笑う。

恥ずかしさに顔を赤らめながら慌ててハンドタオルで汗を拭いた。

「昼は冷やし素麺にする予定だよ」

陽光照りつける阿佐ヶ谷の住宅街をさんざん歩いた身にはありがたい申し出である。

黒猫は向かいに腰を下ろした。普段から正装が多い彼が自分の部屋では甚平を着ているという落差がおかしくて笑いそうになったが、話が深刻なので控えた。

「それで？　まさか関俣君の思い出を語りにここまで来たわけじゃないんだろ」

常に見透かされるのだ。

「うん。まあね」

どうも黒猫と向かい合って座ると、落ち着かない気持ちにさせられる。考えてみれば無理もない、黒猫と閉じた空間で二人きりになるのはこれが初めてだったのだ。男と女が同じ部屋にいるんだと思って急にドキドキしてくるが、そんなこちらに黒猫はまるでお構いなし。こっちも気にするだけ馬鹿をみる、と気持ちを切り替えて質問を投げかける。

「あのね、その、壁がしゃべるってことは可能性として考えられるかな？」

黒猫の目が光る。それから、こう言う。

「日本と西洋ではそもそも壁の概念が違うからね。日本の壁がしゃべると言ったらそれは珍しいことでも何でもないよ。『壁に耳あり』って言うくらいでね。耳があれば口もある。木造文化だから隣の音も昔はまる聞こえだ。

寄席の稽古は壁に向かってやるものだよね。あれを反対側から西洋人が聞いたら壁から声が聞こえることに驚くかも知れない。でも日本では壁は音を遮《さえぎ》るものだという認識がないから、声が聞こえたところで驚く人はいなかったろう。日本人にとっては内と外を分けるだけのもので、隔たりを意味するものではない。壁の向こうにはべつの暮らしがあり、その音が伝わってくる。

それに対して西洋の壁は石造りだから、その概念も硬質で冷たいものだ。当然壁がしゃべる、ということは考えられていない。考えられないから、壁がしゃべるとき、それは恐怖へとつながる。

ところで君が研究しているポオの小説の中で壁がしゃべると言えば、何だろう」

壁が？　はて、そんな話があっただろうか。きょとんとしていると、黒猫が言う。

「『黒猫』だよ」

「だって、あれは……」

あれは壁がしゃべる話だったっけ？

「〈黒猫〉が鳴いたのであって壁がしゃべったわけではないと言いたいんだね？　でも同じことじゃないか。〈黒猫〉は壁の内部にいるのだから壁の一部だよ。区分する理由はない。あの小説を読んで我々が恐怖を感じる理由は、まあいくつかあるわけだけれど、一つには壁がしゃべるということがあるように思われるね。それにしゃべるということは、意思があるということになる。通常西洋人は、自分たちを話すもの、壁を話さないものと思い込んでいる。だから壁に話しかけられたらこの概念が崩れてしまうんだ。その先にはもちろん、自分こそが壁で、壁が人間なのではないかという自己崩壊の道も開かれている。しかし、壁の目的は分けるということ自体にあるわけで、自分がどちら側にいるかというのもどうでもいいことなんだよ。いずれどちらにもなるんだから」

「え？　どういうこと？」

「たとえば、『黒猫』の中の〈私〉の妻は、生前は壁の外にいたけど殺害後は壁へ埋められた。ここで一つのテーゼができる。人間はその状態が変化するときに壁の内部へと移行する。それに対し、〈黒猫〉はどうかというと、主人公が破滅するまで内と外を行き来する。はじめはプルートォという名の猫として外で生き、殺されたあと、壁に死の肖像が刻まれるという凶事が起こる。

次に第二の猫が現れ、再び壁の外で生活し始める。この猫は第一の猫プルートォにそっくりだとされている。特に片目であるところが。この第二の猫は〈私〉が妻を殺したあと、誤っていっしょに埋められる。

そして最後、生きていた黒猫は壁の崩壊により救出される。そして、それにより〈私〉の人生は牢獄という壁に埋められる。

壁だと思っていたものがそうではなくなり、壁ではなかった〈私〉が壁になってしまうんだね。ここにポオの崩壊の詩学がある」

「崩壊の詩学」

「ポオはあらゆるものが崩壊の萌芽を孕《はら》んでいると言う。そうだったね？」

「えっと、『ユリイカ』に出てくるよね」

「さすがだ」

黒猫は普段滅多に人を誉めないので、誉められると妙に照れくさい。慌てて薄茶あられを啜る。

「主人公の〈私〉は天邪鬼の精神を有していて、常に自己破壊の衝動に駆られている。それは、他者を傷つけるという代償行為の円環を辿って、ついに当の目的である自己破壊に至るわけだけど、他者を壁に追いやる行為の中に、すでに自己が壁に追いやられる萌芽が見える。

最後、警官たちが地下室にやってきたとき、とうとう〈私〉は自分で何を言っているのかわからない状態に陥《おちい》る。つまり、自分の意思で話しているのではなく、何かに操られているような状態になる。その『何か』とは崩壊の意志であり、崩壊の意志の象徴としての〈黒猫〉だろう」

風鈴が外でちりちりと鳴り、思わず鳥肌が立った。

真っ昼間の和室のアパートの中で、アメリカの古く黴臭い地下室の匂いを感じ取ったような気がしたのだ。

それは一瞬の闇であり、目の前にいる男の言葉からもたらされた幻想である。

「でもやはりこの小説における壁は、二極性の象徴としてばかり存在しているわけではない。たしかに壁は人間の生死、自他、静動を分かつものとして描かれている。けれどもその一方で壁は〈私〉によって作られたものでもある。ここに西洋的壁の概念において従来言われてきた『冷たさ』を突き破るポイントがある。残念ながら壁の学者である関俣高志はこの点にまで言及していない。

あまりに突飛で本来の意図から大きく外れたようなテクスト解釈が許されないように、壁の概念もまた人間から離れて独り歩きをしすぎた感が否めない。そこでいったん戻って、人間の作ったものとして壁の概念を洗い直してみよう。すると、壁は分ける行為そのものであるという点は変わらないだろうけれど、分けるのはなぜかという理由が問題になってくる」

「分ける理由……」

「そう。僕が思うに、それは母胎回帰の衝動に駆られるからだよ」

「ボタイカイキ？」

「母胎へ帰りたいという気持ちのこと」

「ああ」と馬鹿みたいな返答をする。

「そう考えると、主人公が自分の妻を壁に埋めるという行為の意味も見えてくる。最愛の女性というのは母の存在と不可分だ。だが生きている間はそれを母とすることはできない。したがって彼女は壁の外にいる。しかし死人になったことによって彼女は母の象徴となる。壁の一部、つまり〈私〉の母胎となる。そのようにして初めて〈私〉は胎児となるんだ。

この捉え方は必ずしも二極性の象徴としての壁と無関係ではないんだけど、要するに僕が言いたいのは、たしかに壁はしゃべるが、そのときそれが壁かどうかは微妙な問題だということでね。またそれが現代の日本の話となると、前近代的な壁なのか、西洋化された壁なのかで話は変わってくる。

君が壁の話をしたのは関俣君の自殺と無関係ではなさそうだね。詳しく話してもらえるかな」

「うん」

そして、あの日の出来事の一部始終を黒猫に語ることになった。

3

あの日、軽井沢へは、ミナモの運転するワゴン車に乗り込んで向かった。車内の話題はもっぱら色恋に集中した。その中でミナモが関俣君と付き合っているのかどうかという疑惑が浮上したが、ミナモはあっさり否定し、面白くもなさそうにこう付け加えた。

「男の人ったら、普通に友情が築けないから嫌ですわ」

ミナモはその後で、関俣君の人柄について触れた。

「でもね、あの方は陰険で偏屈なばかりでもありませんのよ。そそっかしくておかしなところもあって、先日読んだ彼の論文には、自分の父親の著書を挙げておきながら『拙著』なんて書いてあったくらい」

なるほど、そういう滑稽な人なら多少の好感も湧いてくるというものだ。車内も笑いに包まれ、旅が楽しみになってきた。

到着したのは午後二時。白樺の木蔭の中を進んでいくと、外壁を煉瓦で覆った三階建ての簡素な洋館が現れた。ドアの前に関俣君が立っている。この間の大学のカフェテラスのときとは打って変わって口元に微笑が浮かんでいた。まるで、どうだ、優しげじゃないか、と主張するような押しつけがましい笑みだった。この人はどこまで不器用なんだろうか。

「よく来たね」

彼はできる限り、自分がゆとりある人物に見えるように言葉を選んでいるかに見えた。少しいつもと様子が違うのではないか、とも思ったが、口をきいたこともないのだし、彼が学校から離れたところで別の一面を見せたからといって驚くほどのことではないのかも知れない。

だが、ひととおり皆にお茶とケーキを配り終えると、関俣君は少し離れた安楽椅子に腰掛け、読書に耽ってしまった。一同しばらく啞然としていたが、気を取り直して室内の置き物や家具を誉めたり、軽井沢を舞台とした小説などの話で盛り上がった。その間、関俣君は何を考えているのやら、まったく輪には加わろうとせず顎を擦ったり、下唇をトントンと叩いたりして本に熱中している様子だった。

そうして二時間ほどが経ったとき、突如関俣君は立ち上がって居間の窓際にあるグランドピアノのほうへ歩いていくと、椅子に腰掛け、おもむろにピアノを弾き始めた。そこにいた誰一人として驚かなかった者はいない。さらに困ったことにはその音色が非常に聴き苦しいのだ。クラシックに詳しくないこちらには曲名がわかるはずもないが、その演奏が楽譜どおりに弾かれたものでも、アレンジと呼べるものでもないことは明らかだった。それは聴く者を苛立たせる、不協和音に満ちた演奏だった。もし感想を求められたら何と答えたらいいのだろう。

そんなことを考えていると、突然ミナモが立ち上がった。反動で椅子が後ろに倒れたことに気づいた関俣君は、ピアノを弾くのをやめた。

「ミナモ、どうしたんだ？」

関俣君は滑稽なほど真摯な口調でそう言った。

ミナモはそれには答えず、青ざめた顔で口に人差し指を当てた。

「静かにして。皆、聴こえなかったかしら？」

「何が？」

特に何も聴こえなかった。関俣君の下手な演奏以外は。

「女の叫び声よ。とても苦しそうだった。この壁からよ」

それは西向きの一番暗い壁だった。見知らぬ女性の写真が飾られた、灰色の壁である。

「何かを、嫌がってた」

気のせいだよ、と言って関俣君は再び聴くに耐えない演奏を開始しようとした。それだけは阻止しなくてはと思い、少し大きな声でミナモに尋ねた。

「壁が？」

「ええ。何かご存じない？　関俣君」

その時の関俣君の顔は、壊れた陶器を連想させた。鍵盤に置かれた指は、もう何も音を紡ごうとはしなかった。

ミナモ以外の誰もそんな声は聞いていなかったが、関俣君のとんでもない演奏に気を取られていたために聞き逃したということも十分に考えられた。ミナモが不安そうな顔をしていたので、皆口々に空耳だよなどと言って慰めたのだが、関俣君だけは無言で、青ざめた顔のまま居間から出ていってしまった。

女五人は主人の退場した居間で夕方まで過ごしていたが、さすがに空腹を覚えたのでミナモと二人で居間の西側にある関俣君の自室のドアを叩いた。出てきた関俣君は別人のようにやつれた様子で虚空を見つめながら、

「冷蔵庫のもので勝手にやってくれ」

さっきの紳士気取りの面影はどこにもなく、これまでどおりの陰気でいじけた声で言う。ドアはぴしゃりと閉じられ、その後すぐに鍵をかける音がガチャガチャと廊下に響いた。どうも、今日はこれ以上部屋から出て我々と話す気はないらしい。そう判断すると、ミナモと顔を見合わせ、居間に戻った。

冷蔵庫の中のものを使って適当に料理をして、買ってきたお酒を飲んだりしているうちに夜の十時を過ぎた。さて寝ようか、という段になってハッとした。どこに寝ればいいのか聞き忘れていたのだ。そこで五人で関俣君の部屋へ押しかけることになった。

ところが、ドアの前でいくら名前を呼んでも返事がない。寝てしまったのだろうか、と思っていると、一人の子が何か変な匂いがする、と言い出す。言われてみれば、たしかに排泄物の悪臭のようなものが中から漂ってくるではないか。するとべつの子が、鍵の束が玄関のところにかかっているのを見たと言う。急いで一人が鍵の束をとってくると、それを一つずつ試していき、とうとうガチャリと小気味の良い音とともに鍵が開いた。

そこに待っていたのは、こちらに大きく目を剝《む》いて宙に浮いている関俣君だった。誰が最初に悲鳴をあげたかは定かではない。誰もが取り乱していた。警察に連絡することを思いついたのはミナモだった。その後、警官たちが到着し、現場検証などをし、その間に一人一人が尋問された。関俣君の死んだ時間には皆居間にいたはずだが、酔っていたから誰がいつ外に出ていったかなどは曖昧だった。

しかし、それは問題ではなかった。検死の結果、関俣君の死はまぎれもなく自殺だとすぐに確定されたのだ。ただ、なぜ彼は客を招待した晩に自殺を図ったのか？　警官は執拗にその問いを繰り返したが、答えられる者は誰一人としていなかった。

4

黒猫は、関俣君の一件を聞き終えると下唇をとんとんと指の腹で叩きながら黙り込み、やがて独り言のように言った。

「やれやれ、僕を巻き込むなよ」

「ごめん……でももう話しちゃったよ」

「いや、君のことじゃなくて……まあいいや」

黒猫は苦々しい顔のまま言葉をつなぐ。

「しゃべる壁で思い出したけど、関俣高志の奥さんは彼が自殺する前に家を出て行方知れずとなっている。彼女は浮気症だったらしい。奥さんがいなくなった当時、ちょうど別荘の壁を作りかえていたために、関俣氏は彼女への恨みを爆発させ、殺して壁に埋めたのではないか、なんて噂が立ったものだったね。君たちが訪れた別荘は彼の父親のものだったんだろう？　ミナモが聞いたのが壁の中の奥さんの声だとしたら……」

その時、居間の西側の壁にかかっていた女性の写真が脳裏《のうり》をよぎった。あれは関俣君のお母さんの写真だったのかも知れない。そう思い至ったら、すっと背筋が寒くなった。

「やめてよ！　ほ、本気で言ってるんじゃないでしょうね」

「無論、悪い冗談だよ。この部屋は蒸し暑いからね」

「ば、ばかばかしい」

なるほど、こういう冗談も言うらしい。少しずつ黒猫の生態がわかってきた。

「でもまんざらハズレでもないかも知れないよ。行方不明になった奥さんは実は生きていて、関俣高志が死んだと風の噂かなにかで聞いてからは、ひっそりと何年も別荘で暮らしていた。ところが、成長した息子が突然女の子を大勢連れてやってきた。母親としては嫉妬心も湧いて、よし、少しおどかしてやれ、と」

「本気で言ってるの？」

「冗談だよ。ばかばかしい。だいたい一族の誰にも気づかれることなく別荘で暮らし続けるなんて不可能だ」

またしてもやられた。早くもおちょくられる存在に成り下がりつつあるのだろうか。まあ、それだけ打ち解けてくれているのだと好意的に捉えることにしよう。

「んん、じゃあ関俣君は知っていたとしたら？　たとえば関俣高志は本当は自殺じゃなくて、家出したお母さんの手によって殺された。で、それを隠すために……」

「いいね。大げさな推理小説が一本書けそうじゃないか」

「推理作家志望じゃありません！」

「そりゃ残念。才能あるのに。君の推理を発展させていくと、今回の関俣君の自殺も他殺ということになりかねない。たしかに君たち以外に誰かがいたらそれはビックリだけど、そもそも関俣君は自殺と確定してることを忘れちゃいけないよ。それに残念ながら警察はそこまで無能なわけじゃない。君たち以外の誰かが存在していたなら、痕跡を見逃すはずはない」

「じゃあ、やっぱり関俣君のお母さんはただの行方不明？」

「それじゃあつまらない？」

こんな風にはぐらかされたまま、結局その日は何の収穫もなく黒猫の下宿先を後にしたのだった。

黒猫は阿佐ヶ谷駅まで送ってくれた。話題は彼の留学計画などについてだった。駅に着くと、切符を買っているこちらの背中に向かってこう言った。

「今回の関俣君のことについて、君はわからないことが多すぎて何を疑問に思ったらいいのかわかっていないように見えるね」

「そう、そうなの」

あまりにこちらの状態を的確に捉えた言葉に、思わず振り返ってしまう。

「大まかに捉えれば、疑問は二つに絞られると思う。一つ、関俣君はなぜ自殺したのか。もう一つは、なぜ壁はしゃべり、それがミナモにだけ聞こえたのか。後者の謎が解ければ、前者だってわかったも同然だろうね。二つの謎は密接に関わり合っている」

「黒猫はもうわかってるの?」

「あまり美的真相とはいえないから僕の好みじゃないけどね」

黒猫は仏頂面でそう答える。話を聞かせて巻き込んだことをまだ怒っているのだろうか、と思っていたら、その顔にふっと自嘲気味な笑みが浮かぶ。

「まあ〈醜〉もまた美的カテゴリーではある、か」

「え? どういう……」

「ほら、電車が来るよ」

こちらの言葉を遮ったあと、黒猫は意地悪く笑って言った。

「ヒント、こうなることは軽井沢に行く前からすでに決まっていた」

それだけ言い残すと、手を振ってその場から去っていった。

5

「そう黒猫が言っていたのね?」

「うん」

ミナモは広がる波紋のように伸びやかに「ふうん」と言う。

この子のこういう話し方には時折吸い込まれそうになる。

「あなたは、どう思ってるのかしら？　あの壁のこと」

「んん、どうって言われてもね、実際私は壁がしゃべるのを聞いたわけじゃないし……」

「でもあなたはあそこにいたわ。そのことが重要なんじゃないかしら？」

「わからない、どういうこと？」

「私には聞こえたけれど、あなたには聞こえなかったってことね」

余計にわからない。

薄いピンク色をしたノースリーブのワンピース。剝き出しの白い腕がレモネードのグラスに伸びる。黒いストローが赤い唇に捕らえられる。その美しい獰猛さが夏の暑さを消してゆく。

まだ後期授業の始まる前だから、カフェテラスに人気《ひとけ》はまばらだ。ミナモと二人で会うのは、実は入学以来初めてのことだった。

「卒論はどうなの？　ワーグナーだっけ？」

「ええ。あまり進んではいないわね。でも、結論は見えているのよ」

「じゃあいいじゃない？　どんな結論になる予定なの？」

「簡単には言えないことを簡単に言うように努力してみるわね」

ミナモは人差し指をぴんと立ててそう言った。

「ワーグナーは一九世紀という時代の『しゃべる壁』だったと私は思いますの」

「お願い」

「しゃべる壁」

「べつに関俣君のお家の壁とかけてるってわけではなくってよ。私たちは通常、壁を築いてその内部で安心して暮らしているわよね。それは実は芸術においても同じだと思うの。絵画は舞踊ではない、舞踊は詩ではない、詩は音楽ではない。そこにはそれぞれ見えない壁があるのではないかしら。

芸術のそれぞれに壁があると考えなければ、ジャンルの自律性を維持できない、そういう飽和状態が一九世紀という時代だったというのが私の意見なの。ここまでの説明、わかりにくかったかしら？」

「ううん、ぎりぎり大丈夫。詩人は音楽に憧れるけど、音楽に取り憑かれたら詩人ではなくなってしまう、ということでしょ？」

「そういうこと。だから詩人は詩を最高の芸術と思わなくてはならないし、音楽家は音楽こそ至上の芸術と思わなければならないのね。そうやって突き詰めた結果、壁が必要になる。そうしてその内側で新たに進化を遂げようとしたら、もはや各ジャンルともに限界に達していることが見えてきたんじゃないかと思うの。でもやっぱり築いた壁は壁だから、人はその内部に閉じこもっていく。その壁がしゃべり出したらどうかしら？」

「うん、驚くわね。それがワーグナー？」

「ええ、そう。ワーグナーは元来、芸術はひとつのものだったという考えでオペラを作っていたのだから、彼の基本方針が当時の芸術家や批評家を刺激したのね。それでそういう人たちは『しゃべる壁』を排除しにかかるというわけ」

「ニーチェとか？」

「そうね。ほかにも色々いるけど、有名なのはハンスリックという音楽批評家ね」

名前はどこかで聞いたことがある。そう思って記憶を辿るうちに思い出した。だが、そのことを言うよりも早くミナモが言った。

「実は研究が独り善がりになっていないか恐くって、黒猫にもハンスリックの著作を読んでもらって感想を聞いてみたの」

なるほど。関俣君とミナモがカフェテラスに現れたとき、黒猫がハンスリックを読んでいたのはそういうわけだったのだ。

「それで？　黒猫は何て？」

「『しゃべる壁』を排除しようとするのは必要な運動だし、ワーグナーはすべて了解していただろうっておっしゃるのよ」

黒猫らしい意見だ。

「『しゃべる壁』の出現は各々の壁を再構築する好機でもあったはずだって」

「んん。専門的知識のない私がこれ以上この話を聞くのは無理かもね。突っ込んで聞きたいけど、そうすると本当に専門的な内容になっちゃうんだろうし……」

「そうね。話を戻しませんこと？」

「私には黒猫の言葉の意味が今一つよくわからないんだけど、『僕を巻き込むな』ってどういうことなのかなあ」

「あの方は事なかれ主義なんでしょう」

「人が死んだ話なんか聞かせるなってこと？」

「いいえ。あの方の冷たさはそういうものではないはずよ」

ミナモが遠い目をしているのに気づいた。「あの方」という言い方に思いがにじみ出ているように感じるのはこちらの思い過ごしだろうか。ミナモが黒猫を好きなのは知っているが、それはちょっとしたアイドルの追っかけのようなもので本気ではないと思っていた。実体を伴わない憧れのようなものだと。

そうではなかったのだろうか？

ここになってミナモという人間がわからなくなった。そして黒猫のことも。

黒猫との会話を思い出してあれやこれやと考えていると、ミナモが突然、あっと顔を輝かせ、カフェテラスの入口のほうに手を振った。

「こっちよ」

何と、奇遇にもかの男のご登場である。

黒猫はサングラスをかけ、黒のスーツに身を固めており、中の白いYシャツだけがやけに涼しげである。

彼は無言でやってきて、隣の席に腰掛けると、ポケットから新聞の切れ端を取り出した。

それは今日の日付の新聞で、見出しには大きくこう書かれていた。

「壁の中から白骨死体、発見」

思わず、黒猫の手から記事を奪ってしまった。

批評家、故関俣高志氏の子息が自殺した現場である別荘を叔父である関俣道夫《みちお》氏の意向で取り壊したところ、その作業の過程で壁から白骨死体が発見された。鑑定の結果、この死体は高志氏の妻紫織《しおり》さんのものであることが判明。紫織さんは高志氏の自殺する三ヶ月前に失踪しており、氏より捜索願いが出されていた。警察は氏の自殺との関連性を調査中とのことである。

「埋めたのは関俣氏だろう。当時の噂は本当だったのさ」

黒猫は短くそう言うと、サングラスを外し、ミナモを見つめた。

「君が悪戯に言ったセリフは、ある人物にとっては重大な意味を持っていたんだ」

「な、何をおっしゃるのよ」

ミナモがひどく狼狽《うろた》えた口調で言い返す。

「関俣氏が別荘で妻を殺害したとき、まだ子どもだった関俣君はどこにいたのかを考えてごらん」

まさか。黒猫の顔を見る。

彼はこちらを見て、微かに笑ってみせた。

「そう、関俣君は殺害現場で一部始終を見ていた。そしてその秘密を父親の死後も守り続けてきた。なぜだと思う？　父の死後は、彼こそが関俣高志だったからなんだよ」

6

「彼が、関俣高志だった？」

「関俣君の文体が父親にそっくりだという話は以前したよね」

たしかにそれは先日聞いたことだ。あの後、書店で関俣高志の本を手にとってみて驚いた。それはまさに関俣君の文体そのものだった。

「でもそのことと彼が関俣高志だったというのは……」

「僕らは関保君の下の名前を知らない。それもそのはず、彼が自分の論文を大学で発表するときはいつでも名前を書いていない。それに誰も彼にあらためて聞いたりすることは、なかった。

彼の論文を読むと不思議な記述がいくつか見つかる。父親の作品名を引用しておきながら『ニーチェの壁』でも述べたことではあるが〃なんてことを言う。こんな言い方は自分の著作に対してするものだよ。一度だけなら書き間違えた、とも取れる。しかし何度も重なるとその可能性は否定される。そしてほかの研究者の著書に対してはそういう記述をしていないとなれば、そこから導き出される結論はただ一つ。彼は何かに没頭しているときには、自分を関保高志だと思い込んでいるということだ。これが彼の模倣の方法なんだ」

「模倣の方法？」

「関保君は父親の精神を体得するために、自らを関保高志にしてしまった。彼は父親のあらゆる特徴を模倣し、その結果、関保高志の精神を獲得した。あるいは順序は逆だったのかも知れない。まず精神を獲得し、やがて模倣が身体所作にまで及んだ。

傍《はた》から見ればコピーにしか見えないが、彼はこれ以外にやり方を知らなかった。ところが、この〈関保高志のコピー〉がミナモに恋をした」

黒猫の眼差しはまっすぐミナモに向けられている。

ミナモも黒猫を見ている。

「気づいていたのね」

「そうでなけりゃあんな曲弾かないさ。指が疲れるからね」

「ひどい男」

「それは君の判断だ。そしてそれがいつも正しいわけではない。まさか自殺するとまでは思わなかったんだろう？」

ミナモの顔から血の気が引く。

「人間を計量しようなんて愚か者の浅知恵だ。それを回避するという選択肢もあった。そもそも、何も起こさない、という初めの選択肢をすすんで放棄したのは君だ。僕を非難する権利はないよ。ここまでの事態を導いたのも、僕をここに来させたのも君だ。君は僕を巻き込んだ。だから、僕が幕を引こう。いいかい、一度しか言わないよ。僕は君に興味がない」

ガタン。

ミナモの椅子が後ろに倒れる。

「ごきげんよう、黒猫」

そう言って無理に笑った彼女の顔は、奇妙に引きつっていた。

彼女は去り際にこちらをちらとも見ることがなかった。それでわかった。ここには今ミナモと黒猫しかいなかったのだ。自分は一人の記述者。彼らにはまるで見えない存在――。

　そして思い出した。

　先日、阿佐ヶ谷の自宅での「僕を巻き込むなよ」という黒猫の呟き。

　あれは――ミナモに対しての台詞だったのだ。

　黒猫はしばらくミナモの後ろ姿を見守っていたが、やがて言った。

「黒猫、か」

　どういう意味だろう、と思ったが、あとに続く台詞はなかった。黒猫は、ただ何かを打ち消すように強く目を閉じただけだった。

　完全にミナモの姿が見えなくなってから、尋ねてみた。

「今のあなたたちの会話、意味がまったくわからなかったんだけど」

　黒猫はその声でやっとこちらの存在を思い出したように目を合わせてきて、今日は暑いね、と微笑んだ。はぐらかされた、と思った。

　だが、そうではなかった。

「苺パフェが食べたくない？」

「え？」

「僕は今、とにかく甘くて冷たいものが食べたい。できればこんな殺風景な大学のカフェテラスではないべつの場所でね」

「大学を出てD坂に向かう途中に、パフェのおいしい喫茶店がある。後輩の女の子がバイトをしてるんだ」
「そこで話の続きをしてもらえるの？」
「パフェが食べられればね」
「同感」

そんなわけで場所を移動することになった。大学のカフェテラスは十分座っていただけで腰が痛くなってしまうから、移動はありがたかった。

Tシャツをパタパタ、スカートをパタパタ、内部に風を送り込みながら早足の黒猫の後をついていく。三分ほど歩いて現れたのはカフェ・ゴドー。名前だけは聞いたことがある。店内は床から天井まで黒一色、ウェイトレスの女の子の制服だけが白く輝いてみえる。

座ったのは店のいちばん奥の陽光の届かない席だった。

すぐにウェイトレスの女の子が注文を取りにやってくる。

黒猫が女の子に軽く手を振る。彼女ははにかみながら会釈する。目を見張るほど可愛い。少しも今時の感じではなく、かと言って古風というのでもない、ほどよく飾らない感じに好感が持てた。

「苺パフェ」

黒猫は何食わぬ顔で言う。女の子はオーダーを取りながらおかしそうに笑う。黒猫はその笑いには応じない。

「私はキリマンジャロ」

そう言うと、黒猫は怪訝《けげん》な顔をこちらに向け、

「なんだい、僕だけ苺パフェじゃ馬鹿みたいじゃないか」

ウェイトレスの女の子はいよいよ吹き出してしまう。

「私は苺パフェが食べたいなんて言ってません。テラスから移動することに同感って言ったの」

「ふん、『私はキリマンジャロ』ねえ……」

憎らしげに口真似までして言うものだから、女の子は声を上げないように肩を揺らして、そのまま一礼して去ってしまった。

「あれが後輩の子？」

「そうだよ、フランス演劇の授業で知り合ってね」

「ああ、それで『ゴドー』……」

「関係ないよ。いくら仏文専攻でもベケットのためにウェイトレスをやるほどの間抜けじゃない」

こっちが「間抜け」みたいな言い方だ。

「さて、それじゃあさっきの話の続きをするとしようか。君は何を知りたいんだ？」

「そうね、それじゃあまず、関俣君がミナモに恋をしたことが今回の事件とどう関わってくるのかを教えて」

「そうだね。そこから話すのがいちばんいいだろうね。と言っても今回のことを僕の口から話すのは何だかひどく滑稽で嫌なんだけど、仕方がない。いいだろう。まず、関俣君が自殺するに至った背景には明らかにミナモが一役買っているんだ。そして僕もね」

「黒猫が？」

「気づいていただろうけど、ミナモは僕のことが好きなんだ」

まるで今日の新聞のつまらない三面記事のニュースでも読み上げるみたいに、こともなげに言う。

「そして、ミナモのことが好きな関俣君もそれには気づいていた。そういうのは目を見ればわかるものだからね。関俣君にとっては初恋だったに違いないよ、それで彼は初めて自分を見つめ直した。ところがね、もはや彼には自己なんてとっくになくなってしまっていたんだよ。いや、厳密に言えば関俣高志として以外の自己の在り方を忘れてしまったんだね。そこでミナモの気持ちを何とか振り向かせたい彼はどういう手に出たか。模範を切り替えたのさ」

「どういうこと？」

「軽井沢の別荘での話を聞いていていくつか気づいたことがあった。それは、軽井沢での関俣君の言動は、夏休み前にカフェテラスで会ったときの彼とはどうも別人のような印象を受ける、ということだ。君自身もそんなことを言っていたね。君はその中の特に気になった仕草について挙げてくれたけれども、そもそもなぜ君は彼のそんなさりげない仕草のひとつひとつをはっきりと記憶していたのか。理由は簡単だよ、顎を擦るのも下唇を指で叩くのも僕の癖だからだ。人の話している横で読書に耽るのも僕の特徴だ。身近な人間の癖や仕草をべつの誰かがやっていると気になるものだよ。そのくせ、それの何が気になっているのか自分ではわからないものなんだ」

なるほど。頷きながら、先日の模倣についての話が頭を掠める。愚直なまでに模倣そのものを目的とした関俣君の不器用な一生を思うと、少し可哀想な気がする。

「つまり彼は模範を父親から僕に切り替えたんだね」

「でも、そのことが自殺とどう関係してくるの？」

「あのピアノの演奏だよ。なぜろくに弾けもしないくせに彼は突然ピアノを弾き出したんだろうか？　そして彼の演奏を中断させたのは何だった？」

「それは……」

「彼がピアノを弾き出したのは僕の真似をしたかったからだ。おそらく、下手すぎて誰にもわからなかったんだろうが、彼はドビュッシーの『花火』を弾いたのだと思うよ。そして彼がそれを途中でやめたのはミナモの一言があったからだ。彼女は壁から女の苦しそうな声がすると言ったんだ。そして最後にこう言った。『何か知らない？　関俣君』。そうだね？」

「一体それが……」

それが何だと言うのだろう？

「気づかないか？　彼はあの日、僕を模倣していたんだよ。だから彼は僕、黒猫であって関俣君ではなかったんだ」

そんな……。

「その日、彼は初めて自分の名前を呼ばれたんだろう。しかもピアノを演奏するという行為に没頭している最中に。それに反応したことで彼は壁の内側から外側へと排除されてしまった」

7

ウェイトレスの娘《こ》が巨大な苺パフェと、少し小さすぎるカップのキリマンジャロを手にしてやってきた。黒猫がちらとコーヒーのほうを盗み見て言う。

「僕なら絶対、苺パフェだね」

「いいでしょ、べつに……。それより、排除されたって？」

「そう、彼が僕を演じているということは、旧来の関俣君という人格は壁の向こう側に追いやられているわけだよ。ところがミナモが関俣君の名前を呼んでしまうことにより、黒猫としての彼が排除され、壁の向こう側に追いやられていた関俣君が召喚されたんだ」

「んん、わからなくなってきた」

「もう少し事態を丁寧に説明しよう。そもそもなぜ関俣君は壁の向こう側の、つまり外部の存在でなくてはならなかったのか。そして、ミナモが言っていた女の悲鳴とは何だったのか」

「あ、その謎もあった。そう言えば、あれはなんだったの？」

「順を追って話そう。

　ことの発端は僕が大学の学生ホールでピアノを弾いていた日に遡る。僕があの日学生ホールにいたのは、試験やレポートで気持ちがささくれ立っていたから、気晴らしにショパンのソナタでも弾こうと思ったためなんだ。ところが、いざ弾き始めようとすると、外で声がする。学生ホールのピアノが設置されている西側の壁の外は、ちょうど林に面していて人目から隠れる場所だ。

　聞いてみると、何やら男が女を口説いていて女はそれを拒んでいる。あまりはっきりとは聞き取れなかったんだけど僕はすぐにそれがミナモと関俣君だとわかった。なぜなら直前に、彼らがホールの南に面したカフェテラスでしゃべっているのを見ていたからね。関俣君はどうもかなり強引に口説き落とそうとしているようだった。そしてミナモはそれを拒み続けてはいたが、少しずつ圧されていた。そのうち彼女は拒み切れなくなり、男が事に踏み切ったことが知れた。やがて、ミナモの悲鳴が聞こえ出した」

「信じられない、なぜ止めなかったの?」

「さあね。とにかく僕にとっては聞き苦しい音だった。だから僕は急遽激しい調子の、外部の音など聞こえないような曲目に変更せざるを得なかったんだ。結局嫌になって途中でやめて帰ったけどね」

「ひどい、見捨てたのね」

なんて男だとばかり非難めいた視線を向けると、黒猫は首を傾げながらこう言った。

「君は忘れたのか? 翌日テラスに現れたミナモが言った言葉を。僕を見つけるなり、昨日のピアノはあなたねと言った。彼女は僕が中にいることを知っていて、わざと関俣君を受け入れたんだ。彼女くらい気丈な女なら、あんなくだらない男を拒むことくらい訳ないはずだ。それをしなかったのはなぜか?

僕を試したかったからだ。僕がどういう行動に出るかをね。

試すという行為は相手の人間性を著しく軽視していることの現れだよ。実験と何ら変わりない虐殺的行為だ。

ミナモは僕の心を振り向かせるために関俣君を利用した。そんな挑発に乗る理由がどこにある？　彼女は彼女の意志で関俣君を招き入れたんだ。自分の蒔《ま》いた種は自分で刈り取ればいい。実際、彼女は計画が失敗するや否やゼミの女子を集めて軽井沢の別荘行きを企てた。関俣君を排除する目的でね」

そう言えば、たしかに何もかもが唐突だった。皆、彼女に乗せられていたのだ。

「それからテラスで僕への好意を露《あらわ》にすることも忘れなかった。そうすることが関俣君の精神を変容させることを知っていたからだ。結果、関俣君は模範を父親から僕へと切り替えた。ミナモに愛されるためには僕になる必要があったんだ。

さて、それで問題の別荘での演奏だけど、あれは単に僕の演奏を真似た、ということを意味するのではない。テラスで会う前日に関俣君は実際に壁の外で僕の演奏を聴いていた。恥ずべき行為に興じながらね。したがって彼が〈ピアノを弾く黒猫〉になるとき、彼の頭にはもう一つ〈壁の向こうで女に襲いかかる自己〉が思い浮かばないはずはないんだ。だから、彼はピアノに向かい合った時点で壁の向こうの他者を意識していたことになる。そして壁の向こう側にいる人間こそ汚らわしい自己であり、こちら側にいるのは〈ピアノを弾く黒猫〉でなくてはならなかった。ところが――」

「ミナモが名前を呼んだ」

「そう。彼女はすべてを理解していてわざと名前を呼んだんだ。関俣君を排除するために」

名前を呼ばれたときの関俣君の顔が脳裏をよぎる。あの瞬間、確実に彼の中で何かが壊れたのだ。

「しかし、ミナモは彼が自殺するとまで思っていたわけではない。彼女はただ、自分と同じ世界にいるべき人間ではないということをわからせようとしただけだ。彼女にとって誤算があったとすれば、それはまさに過去に起こった殺人の顚末《てんまつ》だろう。関俣君は、父親が母親を殺して壁に埋めるのを見ていたんだ。そして目撃した記憶を意識の奥に封じ込めて今日まで暮らしてきた。ところがその記憶をミナモの一言が呼び覚ましてしまった。

壁から女の苦しそうな悲鳴が聞こえる。

これは関俣君にとって二重の意味を持っていた。一つはミナモの悲鳴、もう一つは母親の殺されるときの悲鳴。

ここで思い出してもらいたいのは、黒猫の模倣者という仮面が外された以上、彼は再び関俣高志に戻っていたということだ。彼は関俣高志として妻の悲鳴の記憶を思い出した。関俣高志は妻の失踪の三ヶ月後に自殺している。理由は諸説あるが、彼が妻を殺したのであれば、罪の意識に苛《さいな》まれてということは十分に考えられる。少なくとも、関俣君が父親の死をそのように認識していた可能性はある。すると、関俣高志自身になっている彼が取るべき次なる行動は何か」

「自殺……」

「あくまでひとつの解釈だけどね」

何だか思考の紐がからまってきた。両こめかみに指をぐりぐり押し当てていると、黒猫がパフェをすくって口に入れてくれた。

冷たく、程良い後味の甘さがサッと口の中に広がる。

「おいしいだろう？」

たしかに。コクンと頷き返す。

「今日、唐草教授に会ったんだけど、関俣君はもうすでに卒業論文の第一稿を仕上げて提出していたらしい。タイトルは『ニーチェの父殺し』というものだった。これは実はミナモの研究とも被る内容になっている。

彼はワーグナーをニーチェの父と捉えて、ニーチェのワーグナー批判を父殺しのイメージと重ねている。そしてそこに生じた壁について考察している。ニーチェのニヒリズムの基礎を成すものとして父殺しがあるのだ、と関俣君は言っているんだ。そしてニーチェがワーグナーを壁の内部へ追いやろうとする行為は、煎じ詰めれば自分がワーグナーになろうとする行為でもある、と言っている。最後に彼はこう結論づける。ニーチェのニヒリズムは、自己がワーグナーに成り代わるための手段であり、したがって袋小路である、と。関俣君以外には考えつかないニーチェ論だよ。

しかし、彼の〈壁〉の概念はそこで止まってしまっている。彼は壁にこだわりすぎるあまりニーチェという実体から大きく逸脱してしまった。もしニーチェという人間に真摯に向き合うなら、もう少し違った壁の概念が出てきたことだろうね。ニーチェはすべての苦しみが永遠に繰り返されることではなく、苦悩を人間が超克してゆくことの重要性を説いている。

したがって、ニヒリズムは袋小路の思想などでは決してない。ニーチェがワーグナーに対して壁を作ったと言うなら、それが乗り越えるべき問題としての壁だったというところにまで至らなくては、ニーチェ論としては失格だろう。

先日、ミナモの論文の計画案を見たとき、彼女が関俣君に接近した理由の一つがわかった気がした。彼女は関俣君の壁の概念を自分の研究に応用しようとしたんだ。ミナモはそれをワーグナー側から構築していった。ワーグナーを取り囲む壁。これが彼女の問題意識なんだけど、彼女は結論において、一九世紀の知識人にとってワーグナーとは受け入れるか批判するかしない限り自己存在を崩壊させてしまう存在であり、壁の向こう側の存在なのだ、というふうにまとめている。

彼女はここにワーグナー芸術の意図を見て取っている。ワーグナー芸術はすべての反応を容認し、受容者をひたすら計るものなのだ、と。彼女はこの点から従来のワーグナーに向けられた思想の偏りについて見直しを図ろうとした。

彼女の論旨自体には頷けるところもある。でも、むしろ僕はミナモがこの論文を書いたことを興味深く思うんだ。『すべての反応を容認し、受容者をひたすら計る――』。どうだい？　まるで人を秤《はかり》にかける彼女自身を擁護しているようじゃないか」

＊

翌年、ミナモはドイツへと留学した。帰国後はO女子大の博士課程にいると風の噂で聞いた。ダイナミックな彼女の研究は学会でも注目を集め出しているという。

大学の学生ホールの後ろにある林が風にそよぐのを見ると、あの夏のことを思い出す。滑稽な模倣者と、すべてを秤にかける研究者の遊戯のことを。

黒猫はあのことを覚えているのだろうか。もちろん、忘れているはずがない。あれは彼の事件でもあったのだから。

時々彼の「黒猫、か」という呟きについて考えることがある。あれは関俣君が黒猫を模倣したことを示唆していたのか、それともミナモがポオの小説の中の〈黒猫〉の役割を果たしたことを示唆していたのか。いずれにせよ、黒猫は自分の事件に自ら幕を引いた。その意味では、まさに彼こそが名実ともに黒猫だったのであり、ミナモも関俣君も同じ黒猫の模倣者と言えるかも知れない。

そして、その間には壁がある。

強い風が髪を踊らせる次の季節がやってくるまで、蟬の声が果てるまで、黄金色の花が散るまで、あと何回あの夏のことを思い出すのだろう。あの醜悪な出来事を幾度も思い出してしまうのは、その若さの腐臭の中に自分がいたからなのかも知れない。漠然とした未来という壁に阻まれ、むなしい模倣を繰り返す自分自身が。

第三話

水のレトリック

■マリー・ロジェの謎

The Mystery of Marie Rogêt, 1842-1843

『モルグ街の殺人事件』から二年後、デュパンは、警視総監から若い娘が無惨な死体となって発見された事件の相談を受ける。

被害者は、その美しさを買われ、有名な香水店の看板娘として働いていた。だが、勤め始めてから約一年後、唐突に一週間だけ失踪し、それによる騒動を口実に店を辞めていた。その五ヶ月後、彼女は一緒に暮らしていた母親のもとから再び行方をくらまし、今度はセーヌ川で死体となって発見された。

語り手である私は、すぐに警視庁の報告書と、新聞各社の記事から事件の情報を集めた。それによると、被害者の許婚者も、瀕死の状態で発見され、その後死亡していたのだ。果たして、一連の事件の犯人とは？

探偵デュパンの活躍を描いた、二つめの短篇。一八三八年にニューヨークで起きた実在の事件を題材にしている。

1

今年の九月の雲はどこまでも続いていて、太陽の存在を忘れそうになる。つい先月まではぎらぎらと照りつけていたあの太陽が、何の気まぐれか姿を隠しているのだ。そのくせ変に蒸し暑い。蟬がまだ鳴いているのが聞こえたりする。

誰も月が変わるのを教えてやらなかったのだ、などと考えながら自室でエアコンを効かせて論文の作成にとりかかった。そういうときには決まって小さな音量でステレオフィッシュのアルバム『another life』をかけることにしている。マリリン・モンローの絵のジャケットからディスクを取り出してセット。グルーヴィーなサウンドにかすれたボーカルが重なる。初めの一曲『ROSSO』を聴きながらパソコンに向かった。

ところがどうにも手が進まない。学会は来週だというのに着地点が見えず、参考文献ばかりが増えて作業は一向に捗らない。先日、唐草教授から研究発表のお誘いがあったときに調子よく二つ返事をしてしまった自分が恨めしい。キーボードを叩く手は無論遅々としていて、試しに出だしの何行かを打ってみてはすぐに消す、その繰り返しだ。むしゃくしゃしてきて、居間で読書に耽っている母君の邪魔でもしてやろうかと考えていたとき携帯電話が鳴った。画面には「黒猫」の二文字が表示されている。

「香水は好きかい？」

唐突に彼はそんなふうに切り出す。

「香水？　そうね、一般の女性ほど好きじゃないかも知れないけど、ある種の憧れみたいなものなら……」

「まどろっこしいことは言わなくていいよ。今から調香師のところに行くんだけど気晴しに来る？」

黒猫のほうからこのような誘いの電話がくることは稀《まれ》である。どうせ今日は一日、論文は書けそうにない。

「行きます行きます」

「唐草教授がね、君がたぶん初めての学会発表を控えて行き詰まってるだろうから、外へ連れ出してやってくれと言うんだ」

なるほど。すべてお見通しなわけだ。何だか教授の考えどおりにひょいひょいと出ていってはただの馬鹿みたいで癪《しゃく》だが、行き詰まっていたのも本当なら、調香師に興味があるのも本当だ。

「……それはそれは皆様にご心配いただき……」

「そうふてくされることはないよ。教授は君に期待してるんだろう」

「どこに行けばいいの？」

「それがちょっと遠いんだけどね、M川のほうになる。彼女とは前からの知り合いなんだ」

とりあえず西武池袋線のいちばん前の車輛に乗り、S公園駅で黒猫と合流するということで話がまとまる。時計を見ると、十一時手前、約束は十一時半。どうやら化粧をしている時間はない。まあ、もともと化粧なんかしないのだが。

窓の外は薄暗い不安な眺めが広がっている。ふと、蟬が鳴きやみ、一瞬だけ秋の匂いがたちこめるが、すぐにまた鳴きだし掻き消してしまう。まるで自らの命と引き換えに、夏を食い止めようとしているかのようだ。

オーディオから流れるハスキーな声だけが、秋の予兆を歌い続ける。紅に染まりゆく世界の美しさと悲しさを。

　枯葉が、命をなくしてから
　どうしてあんなに赤く色づくのか

2

M川へは新宿から京王線に乗り換えて行く。閑静な住宅街を少し抜けた先にあるのだ、と以前テレビで言っているのを聞いたことがある。M川はまた心中の名所でもある、とその時のリポーターは説明した。まだ上がっていない死体も山ほどあるのだとか。それらは川を下っていき、そのまま海へ流れて魚の餌になってしまう。そうなれば、もう見つけられるはずもない。

川の流れは、それでも変わりはしないのだろう。川は流れるものであり、人間はただひたすらに通過されるだけなのだ。

M川、と言われて思い出すのは小学校の頃の同級生の柚木《ゆずき》君だ。下の名前を何と言うのかすっかり忘れてしまったが、たいそうな美少年でクラス中の女の子たちが彼の虜《とりこ》になっていた。もちろん自分もその一人だ。顔立ちもさることながら、こちらに意地悪をしながらも時折見せる繊細な表情や素の優しさがたまらなく高貴だった。

彼が転校する前日、校庭に呼び出された。誰にも内緒でこっそりと会いに行くと、柚木君ははにかみながら「やあ」と言った。「うん」と応じたが、そのあとが続かなかった。二人とも黙ったまま数分が過ぎ、やがて柚木君は「好きだ」と唐突に言い放った。間抜けなことに「うん」を繰り返す以外には何も言葉が出てこなかった。そのうち彼は居心地の悪さに耐えかねたように「もう行く」と言った。それにもやはり「うん」と言った。顔は火が出るように熱くなり、自分の口が思うように動かなかったのだ。柚木君は寂しそうに笑ったあとでこう言った。

「僕はいつか曲を作るよ、君の曲。そしたらちゃんと聴いてね」

柚木君は音楽の授業できれいな歌声をいつも披露していた。

「……うん」

自分の口を心底呪った。もっと言いたいことが山ほどあるはずだった。自分の見てきた柚木君の横顔の一つ一つについて説明したかった。それがどんなに素晴らしく、どれほど好きだったかを。でも口から出てきたのは結局「うん」だけだった。

「じゃあね」と言って柚木君がその場から立ち去ると、自然と涙が溢れてきた。その日は生まれて初めて夕食を食べなかった。

今にして思えば、可愛い子どもの恋だが、当事者はもちろん真剣そのものだったのだ。泣きはらした顔を見て母が「まあ、鞠みたいな顔して」と絶句したのが今でも忘れられない。だから柚木君のことを思い出すと、一緒にその言葉が思い出されて吹き出してしまう。

吹き出した後に、もやもやとした淡い思いが一瞬甦っては指の隙間からほろほろとこぼれ落ちて消える。

なぜ柚木君を思い出すのか、それは柚木君の転校先がM川小学校だったからだ。彼が転校してからしばらくの間は、M川がどこにあるかもわからないくせに二人で小船を漕ぎ出す夢をよく見たものだ。もっとも、三ヶ月と続かなかったが。人は忘れる。大切な記憶を、「いい思い出」という冴えない匂いで塗り固め、一瞬の香《かぐわ》しさを永遠に放棄してしまう。あるいはその一瞬の中にしか永遠はない、と知っているからなのかも知れない。

S公園駅で黒猫が電車に乗ってくる。今日の黒猫はカーキ色の長袖のTシャツに下はジーンズというラフなスタイル。車輛の隅に立っているこちらをすぐに発見して第一声、

「よう、へこみ屋」

「へこんでません」

やれやれ。しばらくぶりに会ったと思えばこの調子だ。ちょっとばかり再会を楽しみにしていた自分が悲しい。

ともあれ、夏休み中は家で慎ましく過ごしていたので母親以外の人間と話すのも久しぶりのこと。話題には事欠かない。研究の話や教授たちの近況、最近見た映画や読んだ本の話をしているうちにM川のことになる。

黒猫は前の日が徹夜だったとかで、少し眠そうな目を擦りながら話し始めた。

「川というものには昔から死の匂いがつきものなんだよ。たとえば、隅田川近辺に建てられた寛永寺はあの世とこの世の境界線でもある。言わば結界だね。隅田川には死が広がっているって言うけど、それには明暦の大火が大きく関わっている」

「明暦の大火っていうと、江戸時代の？」

「うん。あれをきっかけに日本橋にあった吉原遊廓と芝居小屋が寛永寺より外側へ移動されて、完全に他界として位置づけされてしまった」

そんなことは全然知らなかった。「へぇ」を連発する。

「吉原や芝居小屋が『悪所』と呼ばれるようになったのはそれ以降のことさ。当時の隅田川は投身自殺が後を絶たなかったし、捨て子の死骸も多かったという話だから、実際死臭が漂っていたんだろうね。そしてその領域にアウトサイダーたちが封じ込められていたってわけ。寛永寺の僧である天海が江戸の都市計画を提案したのだから、そこが生と死の結界となるのはいわば当然の帰結なんだね」

「何だかそう聞くと、川のイメージがすごく暗いものに見えてくるね」

「川はどこでも常にそうしたイメージを帯びているものだよ。『マリー・ロジェの謎』というポオの小説はまさか知らないわけはないよね」

「もちろん」

これでもポオ研究者の端くれである。

「あの小説の中に登場するセーヌ川は明らかに死者の血のイメージだよ。だってあんなに執拗に被害者の体につけられた残酷な傷の描写をする理由がどこにある？　いくら外傷がひどかろうが二、三日水を漂った死体が血まみれのはずがない。ところがポオは『顔はべったりと黒い血にまみれていた』と書いている。これは雑誌の記事の一部という形を取っているため、わざと大げさな修辞が使われているとも言える。でもそもそも『マリー・ロジェの謎』自体が現実とレトリックとの食い違いについての話だから、ここでポオが現実から離れ、イメージに飛び立ったとしても計算のうちと考えるべきだろう」

「修辞は解釈の始まり」

「そのとおり。夏休みの間に少しは賢くなったみたいだね」

誉められているのか馬鹿にされているのかわからないが、黒猫に言われると悪い気はしない。少しひねた言い方は彼なりの照れ隠しなのだ。

ちょうど電車が池袋に到着し、にわかに周りが騒がしくなる。ドアが開くと同時に「降りるよ」と言って黒猫に右手を引かれる。引き摺られるようにしてホームに降り立ったところで、当然のように彼の手は離れた。自分の右手をしばらく見つめていると、いつの間にか黒猫はずいぶん先を歩いていたので、慌ててあとを追いかけた。

黒猫はしなやかに人混みを擦り抜けて歩いていく。こんな風に人混みの隙間を華麗にかいくぐる彼を見るのは初めてかも知れない。まるで彼の周囲を人が避けているように見える。それほど、動きが自然なのだ。だから黒猫にくっついて行けば、雑踏もそれほど大変ではない。一人でいるときにはなかなか前に進めない都会の駅が、魔術にかかったように様変わりする。

今日一日、どんなことが起こるのやら。胸はまだ少し高揚している。

3

香水工房へは駅を出てほどなくで着いた。ここだよと言われて思わず「えっ」と声をあげてしまう。言われなければそこに建物があることにさえ気づかないような小さな白い家。ドアには「いろは香水工房」との看板が出ている。

『いろは』というのは彼女の名前なんだ」

なるほど、いろんな名前の人がいるものだ、などと考えながら頭の中には「色は匂へど散りぬるを……」が延々と流れ始める。

黒猫がドアを開けると、仄暗い灯が来訪者を歓迎してくれた。壁には棚が設置されており、そこには隈無く香水壜が並んでいる。地震がきたらこの部屋はどうなってしまうんだろう、という要らぬ心配までしたくなるほど圧倒的な数で壁を隠している。

奥の廊下から誰かがやってくる。とてもゆっくりとした足取りで。

「久しぶりだね」

紺の暖簾《のれん》を潜って現れたのは驚くほど色の白い女性である。黒のワンピースを着ているせいか余計に白さが極立って見える。この人は太陽を知らないんじゃないか、そんな気さえしてしまう。しかし目を引くのは白さばかりではない。整った顔立ちは、凛とした強さを感じさせ、同時にすぐに消えてなくなりそうな儚《はかな》さをもっている。同性なら彼女を見て必ずこう思うに違いない。ああ、この人には敵わない、と。

いろはさんは伏し目がちにこちらへやってくると、そのまま顔を上げずに笑みを浮かべて言う。

「ずいぶんとご無沙汰ね」

「最後に会ったのがパリへ行く前だから三年ぶりかな」

「え、もうそんなに？ そう言えば何だか声の感じが変わった。何か、こう、安定感があるわ」

「前が不安定だったような言い方だね」

ころころと笑って彼女は黒猫の発言をやり過ごす。そしてこちらに気づいたのか、笑いをやめて尋ねる。

「こちらの方は？」

「僕の付き人」

　さらりと言う。たしかに唐草教授から黒猫の付き人役を頼まれたが、それはそもそも黒猫が破天荒な性格でほかに誰も彼とまともに付き合える人間がいないからなのだ。言ってみればただの腐れ縁。

　付き人と言ってもただの付き人ではないのです、と文句を言ってやろうかと思ったが、彼女がこちらに頭を下げるのでそうもいかなくなり、

「どうも、付き人です」

　馬鹿みたいな自己紹介をして深々と頭を下げることにする。横目でじろっと睨んでやったのだが、黒猫は憎らしいことに知らぬ振りをしている。

「それで、今日はどうしたの？　あなたは用もなく遊びに来たりはしない人でしょ？」

「そんなこともないが、たしかに用事はあるよ。実はね、今度学会で匂いの美学に関する発表をしようと思うんだよ」

「まあ、それはいいことだわ。香水は芸術としてはなかなか認められないところがあるから、ぜひその発表でイメージを塗り替えてちょうだい」

「努力はしましょう」

「何か聞きたいことはある？」

「そうだな、まず、じかに香水を嗅がせてもらってもいいかな」

「もちろんよ」

いろはさんは向かって左手の壁から順に香水の名前を紹介していく。忘却の花、青涼み、三日月、隠れ桜、みだれて今宵……美しい名前が続く。「紅《くれない》」と言いかけたところで少し言葉を濁し、それからこうつけ加えた。

「これは蓋を開けられないの。いつか……いつかまた来るお客様のためのものだから」

それまで持参した紙に一つ一つスプレーで吹きつけては匂いを嗅いでいた黒猫が手を止め、

「ほかにサンプルはないの？」

「そういうものは作っていないの。サンプルはいつも私の頭の中にあって、それを取り出すためには深いところまで降りていかなくてはならない。つまり……」

「今すぐには作れない」

「ええ、そうなの。ごめんなさい」

「構わないよ。べつに片っ端から匂いを嗅いで帰ろうってわけじゃない。だいたいでいいんだ。大まかに全体が見渡せればそれでいい。しかし、それにしても一つ一つにいい名前をつけるね」

「冷花《れいか》もそう言って誉めてくれるわ」

「あいつにも名前を誉めるセンスがあったのか」

れいか？　初めて聞く名前だ。不審そうに黒猫の顔を覗き見るが、彼は香水に夢中でまったくこちらに気づく様子もない。じっとしていてもつまらないので、いろはさんに言って黒猫の後に続いて香水を嗅がせてもらうことにする。

と、そのとき、ふとある一節が頭を掠めた。

「ステレオフィッシュというバンドの『ROSSO』という曲をご存じですか？」

尋ねてみたのだが、彼女はきょとんとしている。どうも音楽には詳しくないらしい。別段うまくもないから歌うのも気が引けて、歌詞についての説明をするだけにとどめる。

頭の中は、あの哀切なハスキーボイスが歌う、赤く色づいた世界で満たされる。

赤い枯れ葉が舞い落ちる／世界は服を脱ぎ替える／君のいないこの先も繰り返し

説明しながら、くうっ、やはり名曲、などと思ってふといろはさんを見ると、その目が潤《うる》んでいる。相変わらず伏し目がちな中にもそれが涙であることは一目瞭然である。

「素敵な、歌なのでしょうね」

「ええ、とても」

この人とは時間をかければ友達になれそうだ、と思った。そう思える人と出会うことは本当に稀だ。

と、思っていると、いろはさんはぎゅっと目を閉じ、俯いてしまった。

「……何か、あったんですか？」

その脆《もろ》く壊れそうに切ない様子に、思わずそう尋ねた。

やがて意を決した様子で、いろはさんはこう言った。

「こんな話を人にするのは初めてなので、うまく話せるかわからないのですが……」

そして彼女は、彼女の物語を語り始める。物語は来訪者を待っていたのだ。鮮やかな香りに満ちた工房でそっと息を潜めて。

いつも物語はどこかで誰かに読み解かれるのを待っている。

4

その男にはM川のほとりで出会ったのだと、いろはさんは語った。男は、石につまずきそうになってよろけたいろはさんを抱き起こした。

「大きな石がありましたよ」

男はそう言ってから「失礼」とすぐに体を離した。この近くに住んでいるのですか、と男に聞かれ、いろはさんは頷いた。

「川は、残酷で冷たい場所です。あなたのように美しい方の来る場所ではない。それともあなたは蛇の化身か何かですか」

楽しそうな口調でそう問う。いろはさんも『雨月物語』は知っていたので、「そのような逞《たくま》しさも知恵もないので、香水を作って遊んでおります。久しぶりに川の匂いを嗅いで、それが創作の手助けになるのでは、と」

「香水ですか、素敵だなあ。しかし、川の匂いなど何の助けにもなりはしませんよ。あなたをご自宅に送っていきましょう」

そして唐突にこう言う。

「代わりにお願いしたいことがあるんです」

男の願いとは、自分の恋人に似合う香水を作ってほしいということだった。もちろんできた香水にはそれなりの金額を払うから、と。いろはさんはそれを承知した。何か男の思いつめたような雰囲気が拒むことを許さなかったのだ。男は、恋人は金髪で赤い口紅のよく似合うセクシーな女なのだと語った。「紅」という香水の名前は男のほうから言い出した。

一週間後の完成を約束して別れると、いろはさんはすぐに工房に籠もった。ようやくできあがった香水「紅」はシンプルで、名前にふさわしいイメージに仕上がった。一週間後にやってきた男は匂いを嗅いで「これは驚いた、僕のイメージどおりだよ」と大喜びし、高額のお金を押しつけた。それからしばらくの間、二人は雑談をした。お互いの好きな芸術作品の話になり、いろはさんはフローベール、上田秋成の文体について語った。男も上田秋成を小学校の頃によく読んだと言った。そのほか絵画のアンディ・ウォーホールの話題になりかけたが、いろはさんに配慮してかすぐに秋成の話に戻し、こう言った。

「文彩という言葉があるけど、本当に優れた芸術というのは、あるジャンルを通してべつのジャンルの芸術を体験させるものだと思う。たとえば、いろはさんの香水は、香水なのに鮮やかに色彩を描いている。……秋成の文章は、そう言えば、あなたの作る香水にどことなく似ていますね」

「匂いが、文章に、ですか？」

「いけませんか？　大事なのは形ではなくイメージのほうでしょう。僕はイメージ抜きに実体を語ることはできないと思います」

それから男は礼を言って去っていった。しかし男が消えてもなお、いろはさんの心は高揚し続けていた。そしてそれは一夜が明けても続いたのだ。生まれて初めての経験だった。いろはさんは再び男が訪れてほしいという願いをこめて、「紅」をもう一壜作った。

しかし、願いは叶えられないまま、もうすぐひと月が経とうとしている。

話はこれでおしまいではない。これには後日談があるのだ。先日、M川水域に住んでいる知り合いの女性が「紅」の空の香水壜をもって工房にやってきた。彼女はそれが川岸に落ちているのを見つけて、届けてくれたのである。

「一週間以上前に川辺にいたカップルがこれに似た小壜を持っていたのを見たわよ。そのカップルが捨てたんじゃないかしら」

　と女性は言った。いろはさんは、

「そのカップルはどこへ行ったか知りませんか？」

「わからないわね。……そう言えばこの間、近所のおじさんがね、入水自殺しようとする女の子を男の人が止めようとしているのを見たって言ってたわ。その後しばらく目を離した隙に、二人は跡形もなく消えてしまったんですって。もしかしたら、私の見たのと同じカップルで、心中したってことも考えられるわね。昔から多いのよ、この川は。しかも、心中するような人たちって自分たちの関係を公《おおやけ》にしていないから、別々の失踪事件として扱われてしまうこと、よくあるみたいよ」

　女性はそう語って工房から去った。

＊

「二度と会えなくてもいいんです。生きてさえいてくれたら……」

　そこでいろはさんの声は途切れた。

　一緒に泣いていたが、ハッと我に返って背後の黒猫を見るとおかしさを噛み殺すような顔をしている。何と不謹慎な男だろうと思うが、ここで注意するわけにもいかない。

「だいじょうぶですよ、きっと、きっと生きてます」

いろはさんの折れそうに細く白い手を握ってそう言う。

「でも、実は奇妙なことがあって。私、彼に香水を渡した三日後にM川を訪れたら、川から『紅』の匂いがしたんです。気のせいかなと思ったんですけど、その女性の話を聞いてからもう一度友人と一緒にM川に行ってみたんです。そうしたらやっぱりするんですよ、『紅』の匂いが」

奇妙な話だ。川から香水の匂いがするなんて聞いたことがない。仮に事実だとしても、二人の心中の証明になるかと言うと、それは違うような気がする。大体、心中の後にも匂いだけが留まるなんてあるはずがない。一日くらいならともかく、川の水は絶え間なく流れているのだから、いずれ匂いだって流れて消えてしまうだろう。

そんなことを考えていると、

「彼は生きてるよ」

背後から黒猫がぼそりと言う。

「え？　どういうこと？」

「彼は生きてる。でもたぶんもう新たに『紅』を買いには来ない。必要がなくなったから」

「必要がなくなったから？」

思わず聞き返してしまった。

「そうだよ」

「それは彼女と別れた、とかそういうこと？」

「違う。君たちは見当違いなことをあれこれ言ってるんだよ」

黒猫はこちらにやってきて、

「すまないが、今メールがあって冷花が急に家に来ることになった。少し早いけどこれで失礼するよ。また日を改めて来る」

「まあ、それは残念。冷花によろしく伝えてちょうだい」

「うん、そうしよう」

また「れいか」だ。一体何者だろう。しかも黒猫の家に来るらしい。

黒猫がドアを開ける。日は明るい。そう言えば、まだここに来て一時間も経っていないのではないだろうか。

「ところで、いろはさんはその男性の名前はご存じなんですか？」

「下の名前はわからないんです。でも香水を受け取るときは柚木と名乗っていました」

偶然はいつもどこかにぽっかりと口を開けているものだ。M川と聞いた瞬間から、あるいはこんな偶然を予期していたのかも知れない。なぜか少しも驚けない。ただあの日の校庭の風と、柚木君の寂しげな笑みが浮かぶだけだ。

5

黒猫の提案で、やや遠回りにはなるものの、M川沿いを歩いて帰ることになった。道中の話題はもちろん先程のいろはさんの悲恋物語に及ぶ。

「でも、心中だとしてもあの香水の話はおかしいよね、やっぱり」

「なぜそう思う？」

「だって、死ぬ前に香水ひと壜使い切って、しかもそれを川岸に放置して死ぬなんて意味のないことだし、第一そんなことをしたら匂いは一緒に海に流れていっちゃうはずじゃない？」

「こうも考えられるよ。女は男よりも前にこの川で死んだ。男は女の死を悲しみ、供養の意味でいろはに香水を作ってもらい、川に注いだ。そして空の壜は川岸に置き去りにした。ところが実はこの壜に微かに香水が残っていて、いろははその残り香を嗅いだ。筋は通ってる。目撃されたカップルのことは無視しての仮説だけどね」

「すると、彼はまだ生きている、と」

「そう言っただろ？」

こんな呆気なく結論を言われると、少々戸惑いを覚える。何せ結論に到達するまでに長い論理の道程を経るのが黒猫の常なのだ。

「……なるほど」

「もちろん、今のは仮説の一つであって真実ではない。川に香水を流す理由は何か、という命題を立てた場合、今のようにいくつもの合理的な仮説が考えうるんだよという話」

やはり黒猫がそう簡単に真相を口にするはずがない。いや、これは間違った言い方かも知れない。真相とはそうやすやすと述べられるようなものではない、と言うべきなのか。

いずれにせよ、黒猫は奔放に論理の歩を進め始める。まるで猫の歩みのように。

「最近、僕は嗅覚の美学的問題に取り組んでいるんだよ。嗅覚は味覚と密接につながっているから、個人的な趣味が必然的に絡んでくる。だからこそ学問として扱うことが困難だ、というのが旧来の美学の考え方なんだ。だから、香水にしろ料理にしろそれらは大衆の側にあるものであって学問対象となることはなかった。趣味という言葉はもとは味覚の隠喩表現でね、スペインの思想家・グラシアンが buen gusto と言ったのが最初だ。でもここで言う趣味は現在一般に使われている趣味の用法とは少し違うんだ」

「現在では、趣味というと好みのことを指すよね。『蓼《たで》食う虫も好き好き』みたいな感じで。あと、ホビーの意味かな」

「そうだね。でもグラシアンが言う趣味とはことのよしあしの直感的判断のことなんだよ」

「今の趣味の意味とはだいぶずれるね」

「でも今でも言うだろ？『あの人は趣味が悪い』って」

「うん、言うけど」

「趣味が単なる好みの問題なら、それに良いも悪いもあるわけがない。ところが実際にはことの良し悪しが関わっていることになる。古来から趣味の概念を巡って常に議論がなされているわけだけど、これらを総括してバークという人は、趣味を見分けの能力だと規定した。つまりことの良し悪しを見分ける天分。

要するにね、概念の上では、味覚も嗅覚もことの良し悪しを見分ける感覚として客観性は認められていると言える。もしもその欠如を理由に味覚や嗅覚を刺激するものが学問として認められないとされているなら、それらに客観性があることを示す豊富な実例があれば、旧来の説は完全に覆《くつがえ》せることになる」

「なるほど。それで香水工房を訪れようと」

「そういうこと。でも、それだけじゃない。香水に関する偏見がいまだ学問の上には横たわっている気がするんだ」

「香水に関する偏見？」

「そう。香水の目的は匂いを遮断することにあるのではない。匂いを付加してイメージ化することにあるんだ。実際、良い香水というのはつける人の体の匂いと溶け合って唯一無二の匂いを生み出す。

さっき僕は恋人の供養のために香水を川に流したと言った。しかし、この仮定ひとつとっても男が香水をどのようなものと捉えていたかによって行動の意味は変わってくる。もし男が、香水は『ほかの匂いを遮断するもの』と考えて使用した場合、男は女の死を忘れ去りたくて、川にたちこめる死臭を消すために香水を流したと考えられる。

しかし、香水を『匂いを付加するもの』と考えるなら、恋人の死んだこの川は男にとって恋人そのもの、そこに香水を流すのは今はなき恋人を美しい香りとともに捉え直す行為というふうに考えられる。

前者の場合、最悪の想定として男が恋人を殺したという可能性も残されている」

では、と黒猫は指を立てる。

「ここで謎を整理しようか。

●空の香水壜が川岸に落ちていたのはなぜか。

●その後も匂いだけが残り続けていたのはなぜか。

●川辺に住む女性が見たカップルは何者か。

●彼らはそこで何をしていたのか。

●おじさんが見たという男女は何者か。

●その女は本当に死のうとしていたのか。
●その後二人はどこへ行ったのか。

僕自身まだすべてがわかっているというわけではない。どうやら君もさっきから何か隠しているようだし」

「な、何も……」

「男の名前を聞いてから、どうも君は落ち着きを失っているよ。すぐにあたりをきょろきょろ窺《うかが》うし」

「……」

この男に隠し事をしようなんて百年早いということか。

しばらくためらったが、観念して柚木君のことをすべて打ち明けると、黒猫は楽しそうな顔になって言う。

「なるほど。これでいろいろなことが少しずつ見えてきたよ。しかし、君もなかなか隅に置けないじゃないか。そんな色男の心を摑むとは」

「馬鹿にしてるでしょ？」

「で、それ以来一度も彼には会っていないんだね？」

「うん。まったく」

川の付近には冷たい風が吹きつけている。水鳥が川の上を躍ってはちゃぽんと川にくちばしを入れる。その作業を眺めていると、彼らがなかなか優秀な狩人だとわかる。

その時、「あっ」と思わず声を上げてしまった。香水の匂い。フローラル系の、優しいがどこか切ない感じの匂い。それが川から漂ってくる。川辺で高校生くらいの少女が釣りをしている。年頃の女の子が釣りに興じている姿は見慣れないだけに印象づけられる。

長い髪が釣竿を振るたびに柔らかく揺れ、釣糸もまた豊かな幾何学模様を描く。最近の子は大人びているというが、彼女は野性的な純真さの中に大人の女のような落ち着きを持っていて、表情によってはもはや立派な大人の女性のようにも見える。

黒猫が振り返ってニヤリと笑いかける。

「さあ、これですべて材料はそろったね」

6

「晩ご飯、食べていくんだろ？」

電車に乗る前にそう聞かれて驚いた。たしかにもともとはそのつもりだったのだが、「れいか」という人物が家に来ると聞いてなお、お邪魔しようとするほど図々しい神経を持ち合わせているわけではない。

「いえいえ、帰りますとも」

「ん？　何をふくれてるんだ、おかしな奴だな」

「べつにふくれてませんよ」

「ああ、もともと？」

「こらこら」

「まだ夕飯まで時間があるからS公園をぶらりとしようか。九月の公園もなかなかいいものだよ。夏の間は草がぎっしり生い茂っていて池の周りは藪蚊ばかりだったけど、最近はそうでもないんだ」

　そんなわけで西武池袋線S公園駅で降りる。まだ六時前だから明るいと思ったのだが、駅から出るともうすっかり薄暗くなっている。昼の空気は夏の延長みたいだが、そうか、もう九月なのだ。何となくいつまでも日が長いような気がしていたが、季節は確実に移り変わっているのだ。

　S公園にやってくるのも実は久しぶりのこと。夏休みの間、結局一度も黒猫と顔を合わさなかったのだから、無理もない。公園は万緑の夏を過ぎて落ち着きを取り戻し、二人の侵入者を優しい夕闇で包み込む。霧はまだなく、ほどよく空いた草木の間から池が見える。

　池は川とは違う。風が吹けば波紋が広がり、波紋が消えた後には座禅を組む僧侶のように押し黙った無愛想な水面があるばかりだ。

「行く途中に『マリー・ロジェの謎』の話をしたね。あのテクストには二つの川のイメージがある。ひとつは事件の舞台となっているセーヌ川。もうひとつはレトリックの川」

「レトリックの川？」

「そう。あれは修辞に関する話なんだよ。川に浮かび上がったマリー・ロジェの死体とそれを取り巻く証言と記事。幾人もの人間による言説の中からデュパンは真相を摘出してみせる。それはちょうど川の中から一体の死体を発見するのと似ている。そうは思わないかい？」

なるほど。そういう読み方があったか、と感動する。長らくポオ研究に携わっているくせにそういう見方の一つもできない自分の脳味噌が歯がゆい。

「ポオは明らかに修辞を川にたとえている。圧倒的な量の資料をあの短い話の中にぶちこんだのは『レトリックの川とその中から真相をすくい取るデュパン』という構図を示すためだ。そしてその川は強烈な死の匂いを発する水でもある。匂いを発する水、ということは？」

「香水？」

「ご名答。川は巨大な香水でもある。思い出してごらん。マリー・ロジェの職業は何だった？」

「ええっと、たしか香水店の売り子……あっ」

「そう。ちなみにこの小説は実際にニューヨークで起こった未解決事件を下敷きにして書かれている。現実の被害者は煙草売りの女だった。ポオがそれを香水の売り子に変えたのにはちゃんとした計算がある。

一見すると、舞台をパリに移したからというだけのように見える。たしかにパリジャンは悪臭が腐敗に通じるという気体学を受け入れて、体のくさいのが魅力というそれまでの文化から離れ、香水の文化を生み出したし、現代では誰もが香水と言えばフランスを思い浮かべる。だけど、その文化が大衆レベルにまで普及して、香水＝フランスというイメージが定着するのは、実は一九世紀後半になってからの話でね。だから、ポオの時代にはまだ香水と言えばイギリスのほうが有名だったはずなんだよ。

となるとポオがマリー・ロジェを香水売りにした理由として、『舞台をパリに移したから』というのは少しも妥当性がないことになる。

マリー・ロジェを香水売りにした理由はただ一つ、セーヌ川という装置を香水に見立てているからだ。香りを好み、香水店の売り子として働く女が最後には巨大な香水壜の中で息絶える。しかし、香水は匂いを付加するものであって彼女の匂いを消し去るものではない。デュパンは修辞の間をかいくぐって見事にマリー・ロジェに到達する。

物語の初めにはノヴァーリスの引用がある。そこでは現実の出来事と観念的な出来事との乖離《かいり》が問題とされている。これはつまり実体とレトリックの問題だ。レトリックは実体を遮断するものではない。香水が体臭を奪うわけではないように。そしてそこにポオの尊厳回帰の思考が読み取れる。どんな修辞でも遮断され得ぬ個人の臭気。それが人間というものだ。ポオはこの物語を通して力強くそう宣言する」

さて、と黒猫はいったん言葉を切る。彼がベンチを指し示すのでいつものように腰掛ける。まださほどの湿気は含んでいないが、土は夜に向かって少しずつじっとりと黒みを帯びる。鈴虫が静かに鳴き始める。

「今のは僕が今日のいろはの話を聞いていて考えたことだよ。今日の話には三人の語り手がいた。一人はいろは、もう一人は川辺に住む女性、もう一人はその女性の近所のおじさん、この三人だ。人の数だけレトリックは存在する。皆違う人生を歩み、違う経験をしてきたんだからそれは当然だよね。ここで僕たちは三人それぞれの修辞法を再確認しなければならない。

まず川辺に住む女性が何と言ったのかを最初に考えてみよう。彼女は川辺にいたカップルがいろはの工房のものに似た小壜を持っていたと言ったらしいが、『まさにこの香水壜を持っていた』とは言っていない。さらにもう一つ。『カップル』という言い方だが、彼女は何をもってカップルと言ったのだろうか？　男女が二人でいればカップルなのだろうか？　つまりね、僕が言いたいのは川辺にいた男女が本当に恋人同士だったかどうかはわからない、ということなんだ。二人が手にしていたのが、女性が後日発見した香水壜だったかどうかも怪しい。彼女はそれを見つけたときに、前に見た男女のことと結びつけただけだ。

次にその女性が『近所のおじさん』と呼ぶ男性だが、この『おじさん』は『入水自殺する女の子を男の人が止めようとしているのを見た』と言っている。でも『おじさん』は何をもって『入水自殺』と言っているんだろうか。そして『男』はどうやってそれを止めていたんだろう。そういったことが何もわからないんだよ、この言い方では。簡潔すぎて何もかもが抜け落ちてしまっている」

「どういうこと？」

「大体『おじさん』がこの二人を見た時刻はいつだろう？　もし昼間なら、そんな時間に入水自殺を図る奴は頭がイカれてるし、もし深夜に目撃したなら、なぜ『おじさん』も一緒に止めに入らなかったのかわからない。少なくとも『どうしたんだ』くらいの声はかけるだろう。となると、やはり『おじさん』が目撃したのは昼間で、しかも本当に入水自殺しようとしているようには見えなかった、と考えるのが妥当だ。なぜならその後すぐに彼は二人から目を離している。本当に自殺だと思ったなら目を離したりはしないよ。だからせいぜい『一瞬そんなふうに見えた』という程度のことなんだと思う。それを世間話のときに少し大げさにしたんだね」

「んん、なるほど」

「では最後にいろはの語った話を検討しよう。ところで、あの話の中で柚木君がいろはに、蛇の化身がどうのこうのと言ったくだりがあったね。君はあの話、読んだことある？」

『蛇性の婬』。物語の構成から言っても日本ホラーの土台を作った作品と言える『雨月物語』の中でも屈指の名作ね」

「そう。彼があの話をしたのは、いろはと出会ったのが水辺だったからというのと、いろはが柚木君の好みだったから、というのがあるだろう。『蛇性の婬』の中で蛇の化身は相当に美しい女とされているからね。しかし、本当の理由は匂いにある」

「匂い？」

「君は『雨月物語』という作品と接するとき、匂いを感じたことはないかな」

「そう言えば……雨、水辺の匂い、それからその湿気の中でたちこめる女の髪の匂い……たしかにあの作品を読むとき、さまざまな匂いを嗅ぎ取っているかも」

「いろはは一日中匂いと向かい合う職業だ。さまざまな香水が体に染みついている。普段は隠れている匂いが水辺に行ったことで姿を現す。まるで女に化けていた蛇が本性を現すように」

いろはさんの透き通るように白い肌が、白蛇に変わる様を想像し、思わずぞくりとする。

「このようにいろはを捉える方法はどうやらいかにも彼の趣味に適《かな》っているらしい。現実の上に、自己のイメージを実体化して重ねる。でも、現実のいろはは、君も今日会って知ってのとおり蛇性からは程遠い。むしろ彼に恋い焦がれている様は、『蛇性の婬』の主人公、豊雄を思わせるくらいだ。豊雄は上田秋成の分身とも考えられるから、柚木君がいろはの香水を秋成の文体にたとえたのは間違った捉え方ではないね。そう考えると、蛇はむしろ……」

「柚木君？」

「役回りとしてはそうなる。なかなか難しい男のようだし。そう言えば、秋成も晩年は目が見えなかったようだね」

「『秋成も』って？」

「そうか。君は今日初めて会ったから見抜けなかったとしても無理はないか。実は、いろはは目が見えないのさ」

「え？」

コオロギが鳴き、俄かにメロディアスな秋がその表情を露にする。水の匂いがぴんと伝わってくる。隣にいる男が言った言葉の意味を反芻するように。

「目が見えない？」

そう言えば、今日彼女とは一度も視線が合わなかった。目を伏せていたから。現れるときも奇妙なほどゆっくりとした足取りだった。

「僕が彼女を知ったのは大学二年の夏に姉貴に連れられてあの工房に行ったときのことだ。

彼女たちは芸術大学時代の親友同士でね。姉貴が教えてくれた、いろはは生まれたときから目が見えないんだって」

「そう、ずっと……」

「だから彼女にとって色彩というものは純粋にイメージでしかないんだ。彼女は『紅』という香水を作ったけど、紅という色を知っているわけじゃない。でも、僕らだってみな同じ紅を想像しているのではないし、僕の見ている紅と君の見ている紅は違う。その違いについて説明することはできない。

しかし修辞については説明ができる。そして修辞を語るには、その細かい偏差を見分ける趣味が必要となってくる。僕は彼女の目が見えないことをただ知っていたに過ぎない。でもね、今日の彼女の話す内容を聞いただけでもそれはわかるんだよ」

「え？　話だけで？」

そんなはずはない。現に全然わからなかった。

「彼女の話の中で柚木君は『大きな石がありましたよ』と説明していたね。目が見えたらそんなことわざわざ説明されなくてもわかるじゃないか」

「あ、そうか。んん、何か変な言い方だとは思ったんだけど、気づかなかったなあ」

「それに彼女の目が見えないことに気づいたから、家に送ると言ったんだ。そうでなければただの怪しい男になってしまう。それからウォーホールの話題を避けたのも、彼女の目が見えないことに気づいて気を遣ったからだ。じゃあ名誉挽回といこうか。彼女が目が見えないことを知った今、何か気づくことはある？」

「え……」

しばらく考えてはたと思いつく。

「いろはさんと柚木君の視線が合っていないから……」

「よく気づいたね。いろはが石につまずいて転び、それを柚木君が抱きかかえた。しかしそれでも彼女は顔を上げない。たぶん顔は川のあたりを見ていた。そこを『おじさん』が通りかかったら？」

「川に飛び込もうとしている女と、それを止めようとする男に見える」

「そう。『おじさん』が『女性』にこの話をした時期は『この間』という微妙な言い方がされている。いろはと柚木君が会ったのは約一ヶ月前。『この間』の範疇に収まるんじゃないかな」

「自分たちが目撃されていたのね。でも、川辺に住む女性が言っていたカップルは？」

「片方は柚木君だろう。もう片方はさっき僕らが見た釣りをする少女だ」

「え？　なぜ？」

「香水をあの子にあげたのさ」

あの川辺にいた少女。女の子から大人の女性へと変わる微妙な時期。柚木君と「カップル」に見えたとしてもおかしくはない。川の周辺に「紅」の匂いが漂っていたのは少女が香水をつけていたからだ。川に流したなら匂いは残らない。でも香水をつけた人間が毎日あの川へやってきているなら……。いや、でも……。

「空の壜は？」

「高級感のある壜だからね、あの年頃の子が持つには不相応だよ。家にあるのを親に見つかったらきっと問いつめられるだろう。だから安い香水を川に流して壜を空け、よく洗った後に『紅』を入れたんだ。あの年頃の子が香水をつけること自体は最近では珍しくも何ともないはずだし、毎日釣りをするなら、川の匂いがつきやすいから香水はもともと必需品だったはずだよ。そして元の『紅』の壜は川辺に放置し、それを近所に住む女性が発見した」

「でも……なぜ柚木君はあの女の子に？」

「それにはまず彼のレトリックを知らなくてはならない」

「柚木君の？」

「そう。ただし、ここでのレトリックというのは言葉の言い回しや語義といったものではない。僕がいうのは思考のレトリックのことだ。元来レトリックは修辞学ではなく、弁論術を指す言葉だったんだけど、その本来的な意味でのレトリックには、そうした論理展開の方法や発想法も含まれる。特に人間の認識は隠喩的な構造を持っていて、僕らは各々の固有のメタファーを通して世界を認識する。現代の文彩論において言われるメタファーはレトリックの範疇と重なるんだ。

さて、では柚木君のレトリックとはどのようなものか。彼は、内なるイメージを実体化する。そのような方法で彼は世界を認識する。いろはとの会話ひとつとってもどこか幻想小説めいたやりとりじゃないか？　それが、彼のレトリックなんだ。彼はあの時いろはとしゃべっているという現実を、『蛇性の婬』に出てくる蛇の化身というメタファーで捉えていたんだよ。

ここではっきりさせておくけど、それは現実を塗り替えるということではないよ。レトリックの効用は付加にある。今回の場合は、イメージの付加と言い替えてもいいだろう」

「イメージ……」

柚木君のイメージとは一体何なのだろう？

「柚木君はM川小学校に転校してきた。それまでいた街との間にはM川が流れている。そして、M川に面した町に住んでいる以上川の向こう側への自身の想いから逃れることはできない。彼は、実に十年以上、一人の女性への恋慕で苦しみ続けた。彼は女性に拒まれた経験は彼女以外なかったんじゃないのかな。大抵の恋はうまくいった。いろはの話に出てきた柚木君はどうも女慣れしている。だからこそ唯一の報われない恋が浮き立つ。

だが、それは持って行き場のない想いだ。なぜなら彼女は川の向こう側の街に住んでいて、自分とは無縁の人生を歩んでいるから。彼は川に対して敵対心を持っている。『川は残酷で冷たい』などと言っていることからそれはわかる。そんな風に川を捉えるのは、向こう側に目を向けても報われない想いが眠っているからだ。つまり、彼の人生のなかで唯一、超克することができない恋がね」

自分が知らず知らずのうちに関わっていたということが、実感できない。もはやあの時の自分の感情以外は、すべてがおぼろになっているのだ。

「そこで彼は思いつく、現実の風景に内なるイメージを付加して、苦い思い出を受け入れよう、と。そのために彼は『紅』という香水を必要としたんだよ。柚木君がなぜ『紅』を少女にあげたのか。彼はその少女が川でいつも釣りをしていることを知っていた。彼女が毎日香水をつけて釣りをすれば、柚木君が川の向こう側に住む忘れられない女性を思い出して川辺に行くたびに『紅』の匂いを嗅ぐことになり、未練を断ち切ろうとしている現実の自分に帰ることができる。『紅』は彼が悲恋を運命として受け入れるためのメタファーなんだよ。

それは前々から考えていたことではなかったのだと思う。あの日あの場所でいろはに会ったからこそ決断できたことだ。彼にとって最も精神的苦痛を伴うはずの場所である川辺で、いろはと自分に『蛇性の婬』のテクストを付加したという行為が象徴的だ。彼はそこに新しい運命を見出した。だからこそ過去の恋を形そのままに受け入れるための手続きを必要としたんだ。それは自分のためであると同時にいろはのためでもあったろう。次に付き合う相手とは未練のない心で向かい合いたい、そう思えばこその行為だったんだ」

「そんな……信じられない」

「でもそう考えない限り、彼の川に対する発言の厳しい調子も、香水を渡すという行為も理解できない」

「だって、あれから……あれから……」

——あれからもう何年も経っているのに……。

「覚えていることと想っていることとってそんなに違うのかな？　君だって柚木君を好きだった気持ちは覚えているじゃないか。ただ彼はそれが持続しただけだよ。報われなかったのは君への恋だけだったから」

「でも、じゃあ、金髪で赤い口紅のよく似合うセクシーな彼女っていうのはまったくのでたらめ？」

「いや、でたらめではない。でもそれについて解説する前に柚木君が誰なのかを明らかにしなくてはならない。君の知っている柚木君ではないが、同じ人間を僕も知っているんだと思う」

何を言っているのかさっぱりわからない。

「君はステレオフィッシュのアルバムの『another life』を持っているようだね。工房で

『ROSSO』についていろはに説明していた」

「ええ。一番好きなバンドよ」

「あのアルバムのジャケットの絵は何だった？」

「マリリン・モンローでしょ？」

そこでまたハッとした。

「まさか……」

「髪は金髪。赤い口紅がよく似合うセックスシンボル。ちなみにこれはアンディ・ウォーホールの『マリリン・モンロー』という作品だ。柚木君はウォーホールが好きだと話していたね。そう言えば、ウォーホールのこの作品の主題もイメージの実体化にあると聞いたことがある。

もうわかるよね？

ステレオフィッシュの名曲『ROSSO』はイタリア語で紅を意味する。あれは君への想いを歌にしたものだよ」

「そんな……」

メディアへの露出の一切ないバンドだから、演者の顔は知らなかった。とはいえ、発売された昨年からほとんど毎日聴いてきた曲が自分のためのものだなんて、そんな滑稽なことがあるだろうか。

「だって、彼は約束したんだろ？　いつか君の歌を作るって。柚木君は歌がうまかった。何も不思議なことじゃない。それに、そう考えれば香水の名前が『紅』になったのも納得がいく。マリリン・モンローを恋人にしたのは、彼がウォーホールを好きだからというのはもちろんある。だけど、もはや手に入れられない人という意味で、君をマリリン・モンローに見立てた、というのが本当のところだろう」

言葉が、出てこなかった。まるで柚木君に校庭に呼び出されたときみたいに。こら、何も成長していないじゃないか。

「そう言えばね、ステレオフィッシュに関しては昨日偶然にも仕入れた情報があるんだ。来週新しいアルバムを緊急発売することが決まったらしい。アルバムのタイトルは『いろは』」

7

やっぱり食べていくかい？

黒猫のその問いには返事をしなかったのだが、どういうわけか引き摺られてマンションに向かっている。

不思議な気持ちだった。もう柚木君のことは遠い思い出になっていたし、嫉妬のような激しい感情は少しも湧いてこない。けれど、何か自分を覆っていたものが一枚剝がされるような心細さがつきまとう。そして衝撃。知らないうちに自分は柚木君の曲を聴いていた。もしかしてすぐに気づいていれば……。そんな思いが脳裏をよぎり、胸が締めつけられる。でも一方で実感が伴わない。たとえ柚木君があの日の思い出を歌にしたとしても、それは一瞬の匂いを歌にしただけ。永遠はあの一瞬にしかない。

どこまで行ってもまじわらない運命にあるんだよ、きっと。

心の中でそう語りかけてみる。誰にともなく。

忘れられるのが辛いのか、忘れるのが辛いのか。きっと両方なのだと思う。でもあの日は消えない。彼に幸せという香水が振りかけられたのなら、それは喜ぶべきなのだ。人は生きていく。生きていくということはその人なりのレトリックを習得していくことにほかならない。でもその奥には消し去れない思い出がある。そしてその一つ一つが彼を、そして自分を作り上げている。

そのことが嬉しい。

儚さと強さが同居するいろはさんの横顔を思い出す。それは、深き緑から赤く色づく秋へ一歩を踏み出す九月の移ろいにも似ている。ファーストインパクトは当たるものだな、としみじみ思う。やっぱりあの人には敵わない。でも、なぜだろう、そのことが、とても清々しくさえ感じられる。いつの間にか、それこそレトリックでいろはさんをペイントし始めている自分に気づく。たぶん、いろはさんのことが好きなんだ。

二人には幸せになってほしい。

素直に、そう思える気がした。

「何ぼうっとしてんの？　着いたよ」

「わ……あれ、もう？　早いね」

「距離はいつもと変わらないはずだよ」

黒猫はそう言って先に進んでいく。その後ろ姿を見ていると、少しだけ心細さが薄れていく。細長い脚がしっかりと闇の中を歩いている。黒猫はずっと腕を摑んでここまで連れてきてくれた。力は強いのに痛くない。不思議な加減を心得ている男なのだ。

「遅い」

薄い水色のキャミソールにピンクのレザーのミニスカートから、白く長い脚がすらっと伸びたモデルのような女性が前方に立ちはだかっている。顔に似合わず低い声がカッコいい。

ああ、この人が「れいか」さんか。いろはさんとは対照的な、派手な顔の美人。男から持て囃《はや》されることに慣れているといった感じの雰囲気。そう、女王としての風格のようなものが滲み出ている。

「なんだ、もう来てたのか」

「おや、後ろの令嬢は？」

「付き人だよ」

「え？　何？　恋人？」

「つきびとです」

少々怒ったように言った。べつにすすんで付き人に志願したわけではない。

「付き人か。こいつの蛇行について回るのは大変だろうね」

「誰も蛇行なんかしないよ」

黒猫がムッとした顔で否定する。

「私、姉の冷花、クールフラワー。以後ヨロ」

冷花さんはそう言って敬礼の真似をしてみせる。

「え？」

啞然。

「あれ、言ってなかった？　いろはは姉貴の友達だって」

「い、言ってました。あはは」

「気持ち悪い奴だな。行くぞ」

三人でマンションの階段を上りながら、少しずつ初秋の感傷はふやけていく。そのことは寂しくもある。でもそれだけだ。前を歩く男の背中と離れないように早歩きで階段を上る。時折、冷花さんが話しかけてくる。黒猫の昔話を暴露し、彼が眉間に皺を寄せて「やめろよ」と姉を叱る。その光景を笑いながら見ていると、まだ酒も入っていないのに頭が朦朧としてくる。

ここが自分には心地よい。それが身にしみてわかる。

遠くでまた、コオロギが鳴いている。

あの川の向こう側は、今はどんな匂いで彩られているのだろう?

目を閉じると、満ちてくる気がする。水のレトリックが。

第四話　秘すれば花

■盗まれた手紙

The Purloined Letter, 1844

宮廷内で起きた事件に頭を悩ませている警視総監が、デュパンの部屋を訪ねてくる。ある貴婦人が大臣と話をしたときのこと、机の上に出しっぱなしになっていた秘密の手紙を、大臣が持ち去ってしまったという。これによって貴婦人の弱みを握った大臣は、宮廷内で強大な権力を得ることになり、その振る舞いに困った貴婦人が警察に手紙の奪還を依頼したのだった。

警察は問題の大臣の邸内をしらみつぶしに探したが、一向に手紙は見つからない。最初の訪問から約一ヶ月後、再びデュパンのもとを訪れ、見つけてくれた者には五万フラン払うと言う警視総監に対し、デュパンは件の手紙をあっさり取り出して見せた。その驚くべき隠し場所とはどこだったのか？

デュパンの活躍を描いた三作目の短篇。

1

胡麻豆腐、と言われてあの何とも言えない薄茶色を想像していたのだが、これがそうではない。黒い。もちろん、黒胡麻豆腐というものがあるのは知っている。だが、これが箸《はし》をちょっと入れるだけでぐずっと崩れる。胡麻豆腐にはもっちりした弾力感を期待してしまうので、そんな簡単に崩れられたのでは戸惑ってしまう。

「まるで、さっきの君の発表みたいじゃないか」

黒猫がそんな小意地の悪いことを隣から言う。

忘れかけていたところでこんなことを言うあたり、どうやらこの男、悪魔である。まあ、天才というのは総じて悪魔的な生き物かもしれないが。

黒猫の付き人役を頼まれたとき、「君に足りないものを摑めるのではないかね」と唐草教授は言っていたが、この破天荒な天才を参考になどできるわけがない。謎の解決ではお世話になっているのだが、そこで披露される論法を研究に応用できるような器用さがあるなら、今日の論文ももう少しマシになっていたはずだ。

『鷲の居』は西早稲田にある日本酒専門の居酒屋である。W大学での学会の発表で大失態を演じ、呆然自失だったところをこの男に無理矢理連れてこられたのだ。おごりだと言うので『獺祭《だっさい》』という日本酒から飲もうとしたら店の主人にたしなめられた。何があったか知らないが、『獺祭』はやけ酒に飲むものじゃない、と。そういうものかと余計にふてくされていると、黒猫が『美士《びし》』を注文した。以前、とあるチェーン店の居酒屋で嫌な出会い方をしたお酒だったので、拒否反応を示したら、『美士』と言ってもピンキリだよ、と黒猫が言うので従うことにした。

その『美士』といっしょに出てきたのが、この黒胡麻豆腐である。

「誉めてるんだよ。一口食べればわかる」

黒猫を睨みつけながら箸をつける。

すると、これが何ともおいしい。たしかにこれは胡麻豆腐なのだ。それも最上級の。

「黒胡麻と大豆と吉野葛《よしのくず》で作るんだそうだよ」

「へえ……。え、吉野葛？」

「そう。意外な見た目と意外な素材、箸を入れればすぐ崩れる。しかし一口食べれば……」

「おいしい！」

「まったく、今日の君の発表みたいじゃないか」

「え？」

思わず言葉を失う。どう考えても今日の発表は失敗だと思っていたのだが、どうやら黒猫にとってはそうではなかったらしい。だが、そう簡単には喜べない。あれはたしかに失敗だったという自覚があるのだ。

「ポオの短篇『約束ごと』の中の約束とは何だったのか。君はそれを美学の問題と絡めて論じた。『約束ごと』に見られる美的距離について初めに論じ、さらにそれを静観と快楽の問題へと発展させていく。論文タイトル、そして題材である『約束ごと』からは想像もつかない内容が繰り広げられる。頭の固いじいさんたちはついてこられなかったのかも知れない。自意識過剰な若手の研究者たちは斜に構えて本当の価値など見ようとはしない。質疑が出なかった最大の理由はね、内容が上質すぎたってことにあるんだよ」

「それは、誉めすぎだよ」

「今のは良かった点について。さて、悪かった点についてだが、これは論理の持って行き方だ。君の頭の中にはちゃんと道筋があったし、それはわかる人にはわかったのだと思う。だけどね、研究というのはそれではいけない。論理の飛躍は一切許されないんだよ。かつてポオは創造的なデュパンと分析的なデュパンということを言っていたけど、研究者にも両方が必要なんだ。分析なき創造は才能の過剰と評されるし、その逆は無能呼ばわりされる。君の才能を皆が認めるにはまだもう少し時間がかかるだろうね。でもそれはそんなに遠い先のことではないよ。僕にはそれがわかる。唐草教授もさっきロビーで会ったときにそんなことを言っていたよ。教授はとても満足していたようだ」

「唐草先生が？」

唐草教授は我が大学の学部長で、ベテランの書いた論文でも辛口批評をすることで知られている。その御方が満足していた、そう聞いても実感がわかない。逆に見限られたということではないか、などと疑いたくなる。

何だか急に体が熱くなる。照れているのだ。外の乾いた風に吹かれながら落胆していたところを、柔らかな温かさに包まれた居酒屋に連れて来られた挙げ句誉められ、もうわけがわからなくなる。そのまま手を伸ばして『美士』に口をつける。

すう。

身が浮いたかと思うと、次の瞬間全身がゆらゆらと熱くなる。立て続けに三度、舌で転がして飲んでみる。

これが以前飲んだのと同じ『美士』だろうか。

そう思っていると、黒猫が言う。

「産地や米の種類、水の違いによって味は全然変わってくるものだよ。まるで名前と実体の関係みたいじゃないか。味が名前なら、『美士』という名前はその内容、つまり実体だね」

「ちょっと待って。名前が実体？　なんか逆転してない？」

「たしかにここでは関係が転倒して見える。それは名前が本来、事物や人を識別するためにあるのに、『美士』という一つの名前に対して、味にヴァリエーションがあるためだ。考えてごらん。たとえば黒猫という人物がたくさんいて、中身がみんな違ったらどうだろう？」

「中身が違えばそれは別人でしょ？」

「そう捉えるほうが自然だよね。ではどうやって中身を見分けるか？　黒猫という名前が識別の機能を果たしていないから、話をするしかない。実体が識別の役割を担うことになるんだね。でも、実はここが単なる記号と名前の違うところなんだけど、そうして目的の黒猫を選別したあと、結局人はその黒猫を〈固有の黒猫〉として捉えることになるんだよ」

「〈固有の黒猫〉として？」

「目的の黒猫と話すとき、ほかの黒猫は眼中になく、あたかも唯一の存在として黒猫という名が呼ばれる。つまり、名前が実体の役割を担っているんだ」

「でも、なんかそれって理論で遊んでる感じがするけど……」

「そうかな。日本人が平安時代、姓名を明かさず、身分で呼んでいたのも、名前が実体として捉えられていたからだろう。そんなに浮世離れした話じゃないよ」

「んん……たしかに……」と言いながらも、体中がカッカするので本当に自分が理解しているのかいささか自信がない。

「酔ってきたんじゃないか？」

そんなことはない、と答えかけたが、言われてみると酔いの兆候があることに気づく。早い。こんなに早く酔いが回るのは珍しい。

「酔うために飲むんだろう？　酔わないなら、酒を飲む意味はない。酔うのは悪いことじゃないよ。そもそも善悪の外にある快楽的行為なんだ」

「何だか改まってそう言われると、お酒を飲むってすごく日常の外にある行為みたいね」

「快楽もまた、日常的行為だよ。ストレスの緩和、何かを忘れるため、場を楽しくするため、いずれにせよそれらにはある種の快が伴う。そう言えば、『盗まれた手紙』の冒頭でデュパンも二重の快楽に耽《ふけ》っているね」

「『黙想と海泡石のパイプとの二重の快楽』ね？」

「ほう。酔っていてもポオの作品は忘れないみたいだね」

火照《ほて》ってきた頭の中でも、ポオのことなら答えられる。

「二重の快楽に耽っているときに、警視総監であるG――がやってきて盗まれた手紙について話す。そしてデュパンの推論がくり広げられるわけだけど、この物語はそうした表層の下で、快楽のドミノ構造のテクストとして読むことができるんだ。まずデュパンと〈私〉は黙想の快楽に耽っている。そして黙想の快楽は海泡石のパイプという快楽を求める。では、海泡石のパイプという快楽は何を求めるか？」

「推理による快楽？」

「いいね。酔ってたほうが冴えてるみたいだ」

「今度は飲んでから発表やります」

「ぜひ聞きたいね。では、もう一つ聞こう。推理の快楽は何を求めたか」

「えっ？　おしまいじゃないの？」

「あの小説は推理してハイおしまいという話じゃないよ。デュパンが推理を披露する。その後には何があったか。デュパンはこの事件の犯人であるD――と面識がある。最後のほうにはデュパンは以前D――にウィーンでひどい仕打ちをされたと言っている。デュパンはそれに対しこの怨みは忘れないぞ、と言った、と。つまり、この推理の快楽が求めたのは報復の快楽だったわけだ。こんなふうに、このテクストの根底には快楽の精神が貫かれている」

「なるほど」

「そしてもう一つ。この犯人D——は詩人兼数学者であると言われているが、これは創造的なデュパンと分析的なデュパンに類似している。しかし、彼はデュパンではない。ではD——に割り当てられた役割は何か。頭文字がDであることがそれを象徴しているが、『デュパンではない何者か』すなわち偽デュパンだ。最後にデュパンは、偽者に報復の言葉をプレゼントする」

『かかる痛ましき企みは、よしアトレにふさわしからずとも、ティエストにこそふさわしけれ』

「よく覚えているね。ギリシア神話の中でアトレは自分の妻をティエストに誘惑された報復に、ティエストを晩餐に招いて彼の三人の子を殺し、その肉を振舞った。『盗まれた手紙』というテクストの中には殺人は登場しない。『マリー・ロジェの謎』のような血の匂いはない。だが、その代わりに秘密の芳香が漂っている。そもそも盗まれた手紙に書かれていたことはわからないままだし、デュパンがD——にかつてどんな目に遭わされたのかも書かれていない。

だが、それらの隠された何かのための報復と、報復された後のD——の行く末を思うとき、我々はテクストの最後に書かれたその引用文のイメージを重ねずにはいられない。そしてそれは殺人以上に残忍な企みとも捉えられる。だが、テクストの中ではそれはまだ起こっていない。だからこれもまた秘密なんだ」

黒猫はそう言って口だけで笑ってみせる。だが、遠くを見据えた目は、笑っていない。

その目が、こちらに向く。

なぜか、視線を逸らしてしまった。

なぜだろう。

顔が熱い。

「快楽はテクストが閉じるときにデュパンと〈私〉から読者へと手渡される。我々はこの時、彼らの快楽を受け継ぎ、次なる快楽を求め始める。その快楽の名は〈秘密〉」

秘密。その言葉の響きに、落ち着かない気持ちになる。

なぜ？　わからない。

いや、わからないふりがしたいだけだ。

学会のあとからずっと黒猫の顔が直視できないでいる。理由はわかっている。そして、そう、それは——黒猫には言えない。

「ところで、君がこれだけ酔うのには研究発表の失敗以外にも理由がありそうだね。それもまた秘密なのかな？」

聞こえなかったふりをして酒を口に運ぶ。侵入してくるアルコールに頭がくらりとする。

2

電車が横を通り過ぎる。S公園駅で降りて、黒猫のマンションに向かう足がふらふらとカーテンのように揺れる。酔いを冷まして帰らないと母親に何を言われるかわかったものではない。前方を歩く黒猫はまるで酒など一滴も呑んでおりませんと主張するようにしっかりとした足取りだ。

今夜の空は星も月も見えない。時折、鼻先に雨粒が当たる。そう言えば、明日は予報で台風が来ると言っていた。暗闇。マンションに向かう道の途中にはろくに街灯もない。黒猫の背中を必死で追う。見失ってはいけない。そう思うのだが、足がなかなか思うように動かない。頭は朦朧として重たい。

なぜかさっきの学会のあとのごった返す会場が思い出される。黒猫とはぐれて——。

黒猫、黒猫？

——呼んだかな？

黒猫のバカ。

気持ちが悪くなってしゃがみこむ。黒猫が振り返り、何か言っている。何と言っているのかわからない。

迷子になる……。

＊

どうやって辿り着いたのか記憶がない。記憶はないが、黒猫のベッドの上に横たわっている。突然、カラン、という音が響く。見ると、枕元にコップがある。その中でひしめき合っている氷が溶けたはずみで移動したのだ。

「目が覚めた？」

黒猫は椅子に座ってウィスキーを呑んでいる。慌てて体を起こすが、頭がぐらぐらしてベッドに引き戻される。

「もう少し眠る」

「それがいい」

もう一度眠ろうと思うのだが、気になることがいくつもある。

「今何時？」

「夜の二時」

「うっ……終電終わっちゃった……。私どうしちゃったんだろう」

「覚えてないのか？　道の途中でうずくまって泣き出して、それから吐いて、気持ち悪いって言って……おぶっていこうとしたら何かキイキイわめいてたな。全部言う？」

「もう結構。余計気が滅入りそう」

「四時過ぎには始発が動くよ」

「ひどい。乙女を始発で追い返す気？」

「それは僕のベッドだ」

「こうなったら昼過ぎまで寝てやる」

おいおい、と言いかけて黒猫は口を閉ざし、それから、

「昼前には僕はいなくなるよ。寝てるなら鍵を渡しとくけど」

と言った。

「仕事？」

「愛知県に行くんだ。ちょっと気がかりなことがあってね」

こういうもったいぶった言い方をされると気になってしまう。

「何なの？」

常夜灯に照らされた室内で、家具も本もウィスキーのボトルも時間の外にいる。それが黒猫の部屋である。夥《おびただ》しい量の本は大半が本棚からはみだし、床に積まれている。和書洋書入り乱れた書物の山は、なぜか枯山水《かれさんすい》を想起させる。

「昨日の学会には、以前僕がマラルメ研究でお世話になった井楠《いぐす》女史が来るはずだった。

彼女は愛知県にあるN大学の文学部の准教授なんだ。マラルメを美学の観点から研究していて、その方面では有名な人でね。歳もまだ若い。僕らの四つ上だよ」

　黒猫の出世が異例だっただけで、二十八歳で准教授というのは通常早いうちに入るのだ。どこの大学にも三十を過ぎても助手のままという人は多い。

「前の日に、久しぶりに上京しようと思うからよろしくというような電話もあったから、前日までは確実に来るつもりだったんだと思う。ところが、結局、彼女は学会に姿を見せなかった」

「何か用事ができたのかな？」

「それならそう言ってくるはずだ。学会の直後に彼女の自宅に電話をかけてみたんだが、留守だった。彼女は僕の携帯電話も知っているから、もし上京していればかけてくると思うんだが、着信は今のところない」

「何かプライベートの用事があったのかも」

「もちろん。その可能性は否定しないよ。ただね、僕が心配しているのには理由があるんだ。今日の学会には、五年ほど学界から姿を消していたある男がやってきていた。世阿弥の美学の研究者として知られていた男だ。今は大学を離れ、寺の住職をしている」

「住職？」

「実家が寺なんだ。有名なK寺だよ」

「というと、愛知県？」

「うん。それが妙なんだが、彼に今回の学会開催の通知がいっているとは思えないんだ。会場は開かれた空間だから参加しようと思えば誰でも参加できる。だから彼がいても誰も咎《とが》めはしない。しかし、誰が招いたわけでもないのに、どうして彼は今回の学会のことを知ったのか」

「ネットで知ったのかも」

「今回の学会の知らせはメーリングリストで流されただけだから外部の人間は知ることができない」

「誰かが教えたんじゃない？」

「当然その可能性が残る。だから、まるでその代わりのように井楠女史が姿を見せなかったことが気になるんだ」

「どうしてその二つを結びつけて考えるの？　二人とも愛知県在住のようだけど、それだけじゃ……」

「井楠女史によると、彼が研究室を去ったのには彼女が関係しているらしい」

「え？　でも世阿弥とマラルメじゃあ専門が全然違うでしょ？」

「彼女は修士課程の頃には世阿弥の研究をしていたんだ」

黒猫はブラインドの隙間から外を覗き見る。

「ひどい雨だ」

エアコンの音のせいか、窓ガラスが厚いせいなのか雨音は聞こえない。時折、冷蔵庫が冴えない相槌《あいづち》を打つ。

鼻まで蒲団をかぶる。乾いた匂いに暖かみが封じ込められている。その中に微かに残る黒猫の匂い。

「井楠女史と僕はパリで同じ大学にいたんだ。研究で彼女の意見を聞いたのはその時のことだ。ちょうどその頃は周りに日本人がいなくて、よく二人で食事をしたりしたからね、それなりに友情というものもある」

「ふうん、友情ですか」

「何だよ」

「いえ、べつに」

黒猫は怪訝な顔でこちらを見る。

何となく顔を背《そむ》ける。少し険のある言い方になってしまったのは酔いが残っているせいだろうか。反省反省。

「どんな人なの？　その、井楠さんって」

取り繕った声で尋ねる。

「そうだね、顔は、君を生真面目にして、少しやつれさせた感じかな」

何だそれは。

「そうですか、私は不真面目で太ってますか」

「井楠女史の話をしてるんだよ。彼女は一分の隙もない完璧思考の持ち主で、研究熱心なことではほかの追随を許さない。論文もいくつか読んだことがあるが、どれも初めから終わりまで計算し尽くされたものばかりだ。彼女がどういうわけで僕を気に入っていたのかわからないけど、よく日本の思い出話をしてくれた。

ただ、少々クセのある人間なのもたしかでね、自分の中に厳格なルールがある。彼女の語り口には感情は一切含まれないんだね。そして話題はいつも、そこにないものに限られていた。まるでマラルメの詩みたいにね」

蒲団の中で足の親指と人差し指を擦り合わせる。何だかふわふわと落ち着かない気持ちだ。

「その井楠女史に何が起こったのかな?」

「それを調べに行くんだよ」

黒猫はブラインドを上げ、窓を開ける。

しゃなしゃなしゃなしゃな

しゃなしゃなしゃな
しゃなしゃなしゃな

雨の音が、匂いが、押し寄せてくる。

「ただね、その男の話の時だけは彼女は珍しく詩を啾《くちずさ》んだ。
『おお苦悩を知る自分よ、この怪物に
侮辱され水晶を破り、羽のない
私の二つの翼で逃げる道があろうか
——永遠に堕落するという危険を冒して？』
彼女がその詩の一節を口にしたとき、僕ははっきりとわかった。彼女はその男にいまだ心を囚《とら》われているのだ、と」

カラン。

また氷が動く。風の仕業か、雨の仕業か。

しゃなしゃなしゃな

雨が。

しゃなしゃなしゃな

押し寄せてくる。

黒猫は、その闇をまっすぐな眼差しで凝視している。

3

井楠女史の実家は名古屋市のC区にある。名古屋は初めてではないが、C区の雰囲気は一種独特である。そこにあるのはいきり立つような巨大さだ。都市の巨大なビルの群れなどとは違う。もっと原初的なエネルギーに満ち溢れ、街が歩き出すような印象を受ける。

彼女の家は、KY予備校の斜向かいにある二階建てだ。駅から歩いて五分。新幹線でバテていたので助かった。

雨の降り頻《しき》る中にぼんやりと浮かび上がった建物を見上げたら、気持ちが悪くなったのでしゃがみこんだ。

「寝てれば良かったんだ」

二日酔いに新幹線酔いがプラスされたげっそりとした顔を見て、黒猫が呆れたように言う。

「だってあれだけ聞かされたら気になるじゃない」

「大体、新幹線に乗る金も無くてなぜ興味本位でついてくる」

「デザートは別腹」

「意味がわからん」

黒猫がインターホンを押す。間もなく、井楠女史の母親と思しき中高年の女性が現れ、胸ポケットにかかった眼鏡をかけてこちらを確認し、頭を下げた。息を吹きかければどこまでも飛んでいきそうに弱々しく見える。黒猫が井楠女史の所在を訊ねると、

「一昨日の夜から帰ってこないんです」

と消え入りそうな声が答えた。

「連絡は？」

「携帯電話を家に置いたままで……」

「心当たりはありますか？」

それが、と言って彼女は下を向いた。それから突然、何も言わずにすっと奥の間に消える。戻ってきたのは五分後のこと。手には一通の封筒が握られている。どうやらこれを探

していたようだ。

「この封筒が届いてから様子がおかしくなりまして」

「中を見てもいいですか」

言うが早いか、黒猫は母親の手からさっと封筒を抜き取り、中身を取り出す。

中には一行、こう書かれている。

秘すれば花

何のことやらさっぱりで、と母親は言う。たしかに、これはわからない。世阿弥の『風姿花伝』の一節「秘すれば花、秘せねば花なるべからず」からの引用であろうが、これだけ書かれていても何のメッセージなのかわからない。

封筒の差出人の名は前野世舟《せしゅう》とある。これが例の男の名前だろうか。だとすると、世阿弥の研究者である彼が『風姿花伝』から引用するのは頷ける。しかし、この手紙を読んでから井楠女史の態度が変わったというのはなぜだろう。何かこの言葉にはほかに見落としている意味があるのだろうか。

「世舟という男のことは知っていますか？」

「ええ。K寺の住職で、もとは娘の大学院時代の恩師でした」

「彼女が現在このK寺にいる可能性はありませんか」

「実は昨日、私もそう考えて行って参りました。けれども、世舟先生に娘のことを話したら『ここに来てはいない』とおっしゃられて……。実際、私も座敷に上がらせてもらってそれとなく探してみたんですが、結局どこにも娘の姿は見えませんでしたから、諦めて帰って参りました」

何か腑に落ちない。なぜだろう？　彼女の話した内容には何か霧がかかっている。そんな気がする。

「警察には連絡しないんですか？」

「世舟先生が『彼女も立派な大人だから自分の判断で行動されているはず。警察などを呼んではあとあと恥をかくことにもなりましょう』と」

「恥、ですか。誰が恥をかくのです？」

母親は惚《ほう》けた顔で黒猫を見つめている。

「と言いますと？」

「古典研究者にありがちな言い方だが、今の文には主語がありません」

「はあ、……私が、ではないのですか？」

「そうお考えになられたのでしょうね」

「……違うのですか？」

「あるいは」

黒猫は下唇に親指をとんとんと当てる。これは彼が思考を働かせているときの癖だ。今、何を考えているのだろう。誰が恥をかくか、がそれほど重要なことだろうか。第一、この母親が一言一句正確に伝えているとは限らないのだ。しかし黒猫は、しばらくの沈黙の後に言う。

「我々もK寺に行ってみます。話はそれから、ということに致しましょう」

*

雨から逃れるようにしてタクシーに乗り込む。「K寺へ」と黒猫が言うと、運転手は驚きを露にする。

「こっからK寺までっちゅうとだいぶ遠いけどねえ。いいのかね？」

「お願いします」

素っ気なく言い、それきり黙ってしまう。車内には嫌な沈黙が落ちる。タクシーの無線のブチブチとしたノイズ。生まれては流れ去る、ネオンを映した色とりどりの水滴。雨音。

「前野世舟という男はね、僕の叔父に当たるんだよ」

黒猫が窓の外に目を向けたまま話し始める。

「幼い頃によく遊んでもらった記憶がある。僕よりも歳が十三上だから、当時は本当に大きく見えたよ。僕や姉の面倒をよく見てくれていた。彼が美学という分野を専攻していたことは、僕がこの世界に興味をもつきっかけとなった」

「初耳」

「君が聞かなかっただけだよ」

「なんか黒猫は生まれたときから、『美しいものにしか興味ないでちゅー』とか言ってそうなイメージ」

「どんなイメージだ。まあいい。でもね、僕と彼とは間もなくいい関係ではいられなくなった」

「何かあったの？」

「大学一年の夏にね、僕は彼に食事に誘われた。ちょうど彼は学会で上京してきていたんだ。当時の前野世舟はちょっとした美学界のカリスマだったからね、日本各地の学会で引っ張りだこだったのさ。

　呼び出されたのは銀座のいかにも高そうな店だった。少し遅れていくと、彼の横に一人の大人しそうな女の子がいた。僕は以前から世舟の女遊びについての噂は聞いていたからね、大体の想像はついた。どうせ学会でどこかの教授のお供をしていた子を口説いて連れてきたんだろう、そう思った。予想は大方的中。

　正直ね、その時の僕は家で本を読んでいたところを呼び出されたから、面白くなかった。

ただ『まあ古くからの付き合いだから』と思って出てきたんだが、彼が彼女の髪を誉めている様子を見てるうちに何だか馬鹿らしくなった。そこでね、僕はちょっと彼に恥をかかせてやることにした」

「恥を……」

「世阿弥についての解釈で、彼の矛盾を指摘してしまったんだ。馬鹿なことをしたと思うよ。でもその頃は若かったからね。恥をかかされた結果、彼は憎悪を剝き出しにした眼差しでしばらく僕を睨んだあと言った、『かかる謀《はかりごと》よと知りぬれば、その後はたやすけれども』と。それが彼が僕に言った最後の言葉となった。彼はその言葉で復讐心を表明したんだよ」

「それが――」

「そう。もしかしたらすべてはつながっているのかも知れない。彼が教授職を辞したのはそれから数ヶ月後のことだ。原因は井楠女史が誘惑に乗らなかったから、と彼女自身は言っていた。彼が女性を翻弄する自己の能力に限界を感じたとき、同時に研究への興味も失せてしまったんだね。責任の一端は僕にもある。彼が僕への復讐心を持ち続けていたとしても不思議はない。そしてそれが今回の事件に結びついている可能性は十分に考えられる」

「可能性」なんて言いながらも黒猫はどうやらそれを確信しているように見える。なぜだろう？　そして、なぜ自分はそれに気づいてしまったんだろう？

黒猫が何かを隠していることに。

そうだ、昨日——。

何があったんだっけ？

思い出そうとすると、頭のなかに靄《もや》がかかる。もしかして、黒猫が隠しているのは、そのことと関係があるのだろうか？

——ああ、ダメだ、全然思い出せない。

雨音は、記憶を覆い隠すほどボリュームを上げて降り続けている。タクシーは、仄暗い闇の彼方へひた走る。

4

到着したのは午後三時のこと。K寺。そのたたずまいは麓《ふもと》を見下ろす生き物。巨大な生き物は、物音一つ立てずに呼吸しながらじっとこちらの動向を窺っている。

創建は貞観の時代だという。だがその後、江戸時代に火事で焼け、再建された。それが現存のK寺だ。

「庭園が有名なんだ。小堀遠州の作と言われていたこともあるが、実際は当山の九世、某和尚作だとの見方が強い。どっちでもいいと思うけど、とにかく見事な庭園だよ。その和尚の言葉に『本相のなきを、などか名やある』というのがある。実体がないのにどうして名前があるだろうか、と言うんだね。この精神は庭園の根底に流れていると思う。そう言えば昨日君と似たような話をしたね」

「実体と名前の話ね？」

「それを少し『盗まれた手紙』の話と絡めて話そうか。デュパンは警察が手紙を見つけ出せない理由を、実在しないものを実在すると思い、そこから推論するからだ、としているね。あのテクストの中で実在しないものに当たるのは『手紙を隠す方法』だ。これがあると思い込んでいても出てこないのは無論……」

「隠された手紙？」

「そうだね。この関係は、実体と名前の関係に相当する。『手紙を隠す方法』という実体が初めからないわけだから、『隠された手紙』という名前は見つからない。ここの和尚の言葉と符合するね。『本相のなきを、などか名やある』」

「ううむ。言ってみればその概念は『盗まれた手紙』というテクストの縦軸になるのね」

「うまいことを言うね。そのとおり。そして横軸には快楽の糸が張り巡らされている。それについては昨日話したとおりだよ。さて、と」

黒猫は寺の巨大な門を見上げる。その目は鋭い光を放っている。タクシーは後ろに止まったまま。ここは名古屋市からだいぶ離れている。今から無人で帰るよりもこちらを待って乗せて帰ったほうが得だと踏んだらしい。メーターは止めておきますからと言うので待っていてもらうことにする。

雨は一時的に止んでいる。だからそのまま歩いて門を潜ることができる。

石段を上がっていくと、左手に樹齢何百年という大木がそびえ立っている。悠久の時間を見つめてきたその姿の前では、自分の存在など無に等しいように感じられてしまう。

「K寺の背後にある山は黒虎山《こっこざん》。虎というのは猫のことなんだ。だから黒虎というのは黒猫のことになる。でもね、実際このあたりの猫を見たら君も驚くだろうよ」

「どうして？」

「ふふふ。まあいい。行こうか」

黒猫が小意地の悪い笑みを見せる。

猫を見て驚く？

首を傾げながら石段を上りきると、本堂が現れた。

そこに、一人の若い僧が立っている。年齢は定かではないが、はっきりとした顔立ちの中に神妙さの漂う、風情のある美少年だ。住職はべつにいるのだから見習い僧なのだろう。

「こんにちは」と言ってみる。

若い僧は黙礼して、すっと中へ消えてしまう。

ほどなく若い僧は戻ってきて手招きをする。どうも入れということらしい。勝手知った様子で黒猫は靴を脱いですたすたと座敷に上がる。慌ててスニーカーを脱ぎ捨てて後を追う。

「ねえ、どこへ通されるの?」

声を潜めて黒猫に尋ねると、

「書院だろう」

と短い返答。早々に食事の支度をしているらしい座敷の前で若い僧侶は黙礼をし、奥を指し示して下がる。示されたとおり脇の通路を抜け、広い座敷に出た。ここが書院だろうか。襖《ふすま》に書きなぐられた文字が空間の凄味を増している。そして掛け軸には巨大な黒猫の水墨画が。

黒猫はそれらを見慣れているのか、まっすぐ庭園に面した縁側に歩いていって腰を下ろす。その後に続いて縁側に着き、ハッと息を呑む。

蓮の葉に埋め尽くされた池。池泉、と言うのだろうか。贅《ぜい》を削ぎ落としたような美意識は、両端と中央に配された岩と相俟《あいま》って庭園の躍動感を醸成している。

そしてそんな庭園の小宇宙を背後から見下ろすように聳《そび》え立つのが、さきほど黒猫の話にあった黒虎山と思われる。その山麓の斜面にあしらわれた石段の間を流れる小滝の音は、静寂をかえって際立たせている。

その時。

蛙。小さな蛙が葉から葉へと跳び移る。ただそれだけの動きに、池泉全体がどよめく。だがそれは一瞬の乱れ、悠久の時に刻まれる人間の行為のように空しく、しかし凛と心に響いてくる。

感覚が変質していることに気づく。

この庭園のせいなのか、それとも寺全体の醸し出す雰囲気のためか。まるで法力にかかったように、現実感が麻痺していく。

次の瞬間、信じられないことが起きる。

止んだはずの雨が池泉の引力に引き寄せられるようにして降り注ぐ。それも先程までとは比べものにならないような勢いで。

池泉がざわめく。蓮の葉がしゃべりかける。

蛙だけがじっと濡れている。

そんなことが五分も続いただろうか、何の脈絡もなく雨が止む。

「君が私に会いに来てくれたとは驚きだね」

背後から呼びかけられる。

「あなたは……」

陰影の深い顔立ちに剃髪《ていはつ》のよく似合った男が、そこにいる。

知っている。この男を自分は知っている。

いつ、どこで？

少し考えて、思い出した。昨日だ。昨日、学会が終わったすぐあと——。

戸惑いながら、男に会釈した。よく観察すると誰かに似ている。すごくよく知っている
……誰だろう？

「申し遅れましたね。私の名は前野世舟。あなたの隣にいる男の叔父に当たります」

「あっ……」

男は柔らかな笑みをこちらに向ける。顔が赤くなる。だが、肝心の記憶がぼやけている。

たしかにこの男に会ったのだが、何を話したのか、まるで思い出せない。どうも昨夜の酒
とともに流されてしまったらしい。

そして、気づく。

ああ、この男は……。

「久しぶりだな」

男は黒猫に向き直って言う。黒猫はそれには答えずに、

「単刀直入に聞きましょう。この手紙は何のつもりです?」

取り出された例の手紙を世舟は手にとってまじまじと見ていたが、やがて一言、さあね、と言う。

「あの……」二人の間に割って入る。「ここに井楠さんは来ませんでしたか?」

「昨日も彼女のお母上が同じことを聞きに見えた。その時の答えを今繰り返しましょう。彼女はここに来てはいません」

人を見くびっている。そう思った。

「いいえ、来たはずです。彼女をどこへやったんです?」

「答える気になれません、どうもあまり馬鹿馬鹿しいので」

「馬鹿馬鹿しいですって?」

この坊主め、と食ってかかろうとしていると黒猫がそれを手で制した。

「もう用は済んだ」

「え?　どういうこと?」

「庫裏《くり》座敷へ伺ってもよろしいですか?」

世舟はしばらくじっと黒猫を見つめているが、やがて静かに頷く。

「お茶を運ばせよう。しばらくそこでお待ちなさい。それにしても、あなたは」

こちらを見て言う。

「あなたは不思議な方だな。まるで何もなかったような顔をなさっている」

世舟は笑っている。さっきよりも下卑《げび》た笑い。

何のことか、わからない。世舟は笑っている。さっきよりも下卑た笑い。


世舟が立ち去る。彼の後ろ姿を睨みつけながら黒猫がいつもよりいっそう低い声で言う。

「どうやらすっかり軸を間違えていたようだ。行こう」

うん、と答えて縁側から立ち上がる。書院を抜けて庫裏座敷へ向かう。先ほど通り過ぎた座敷だ。

だが、そこで足がはたと止まる。

ぞくり。

背筋に冷たいものが走る。


黒虎。


目の前に立ちはだかっているのは、子どもの虎かと見紛うほどに大きな黒猫。

少しも弛《たる》んだところのない優雅な曲線の肢体をくねらせながら、こちらの出方を窺うようにして弧を描いて歩いてくる。あちこちについた傷は、百戦錬磨の戦国武将さながらである。一ヶ所などは骨が覗いている。

とてつもない生命感を全身に漲《みなぎ》らせ、その巨大な黒猫はこちらへこちらへとやってくる。

みゃあああ

黒猫は、その巨大猫の前にしゃがみこみ、喉をごろごろと鳴らしてやる。すると猫は警戒を解き、大きな体でいっぱいに甘えてみせる。

不思議な光景だ。なるほど、たしかにこれは太古のままの生物の姿だ。しかし、そうでありながら人間に触れられることに慣れている。この猫自体が寺の守り神だと言うのか。あるいは黒猫が人間ではない、ということなのか。

「何代目になるのかわからないけど、この猫はこれでまだ一歳くらいだよ。これからまだもっともっと大きくなるはずだ」

こともなげにそう言って黒猫は笑う。

その笑顔を見ながら、理解する。ここは異界なのだ、と。

5

「井楠女史は絶対にこの寺のどこかにいるはずよ」

「そうだね」

黒猫は呑気にそんなことを言う。

「そんなことより、マラルメの話でもしようじゃないか。これが非常に厄介な詩人なんだよ」

「……私も一、二篇読んだことがあるけど、さっぱりわからなかった」

勢い込んで話しかけたのにあっさりほかの話題に切り替えられたことに少し不満の意を表したくて、無愛想に答える。

「君の場合は訳詩を読んだせいだろう。マラルメを真に理解するなら原文に直接当たらざるを得ない。しかも、通常言語だけを追っていたのでは、何を言っているのかも理解できない。彼の詩は詩的言語で構築されているからね。語の配置、字体、といったものもそれに含まれている。マラルメの詩は、ベルクソンがいうところの図式に相当するのだと思う。図式そのものの外化としての詩なんだ」

「図式そのものの外化」

黒猫の出世を決定づけた論文『ベルクソンの図式から見るマラルメ』は読んで知っていた。ベルクソンもマラルメもさほど詳しくはなかったが、それでも思わず熱くなってしまう内容だった。その中でベルクソンの図式の概念について書かれていたのを覚えている。

図式とは、あらゆるイメージの原点のようなものである。この概念は、現象から作り手の原風景へと到達するという黒猫の推理法にも関わっている。

「図式の言語化と言ってもいい。図式の概念は、マラルメの〈来たるべき書物〉の概念に相当するんだよ。〈来たるべき書物〉とは言い換えるなら〈万人共通の図式の言語化〉だ。やがてそれは『骰子《とうし》一擲《いってき》』という作品によって実現されるわけだが、『骰子一擲』は〈来たるべき書物〉の一部を成すものではあっても全体を表わすものではなかった。

　マラルメはね、万物を一つの書物に集約できると考えていたんだ。何だか、こう言うと、禅や能の精神に通じる気がしないかい？」

「そう言えば……」

「『骰子一擲』という詩は〈来たるべき書物〉の第一章を成すとも言われている。マラルメはその書物の完成を夢見ていた。彼の頭の中には完成図があったんだ。後は書くだけ。だが結局〈来たるべき書物〉は到来することがなかった。これが現段階での学者たちの見解だよ。

　しかし、こうは考えられないだろうか。〈来たるべき書物〉はこれで完成しているのだ、と。この際マラルメの意志というものは置いておくことにしよう。『骰子一擲』を一つのテクストとして捉えるとき、僕らは〈来たるべき書物〉を読んでいるのではないだろうか。なぜこれをもって〈来たるべき書物〉がそこにある、と言ってはならないのだろう？」

「秘すれば花ね？」

「いや、実はマラルメと世阿弥の思想は似ているようで違うんだよ。たしかにマラルメは、音楽の非現前性に憧れ、その内奥の秘密を〈来たるべき書物〉に還元したいと願っている。これは一見世阿弥の〈秘すれば花〉〈せぬがよき〉の思想と重なるように見える。でもマラルメの詩学が不在性に基づいているのに対して、世阿弥の思想の根幹は、存在が隠されていることによるわけだから、一致するものではないと言える」

「マラルメに奥ゆかしさの精神はないのね。井楠女史はどう考えていたの？」

「やはり世阿弥とマラルメの美学を別物と考えていたはずだよ。彼女の論文『不在の美学』では言葉の自立と不在がどう関わってくるかについて詳しく述べていたし、世阿弥研究からマラルメ研究へ移行したということは、マラルメの詩の概念を世阿弥の思想より高次のものだと考えたんだろう。『秘める』とか『隠す』という言葉の中に不純な響きを感じとったのかも知れない。まあ、それは解釈の分かれるところだからね。深入りはするまいよ」

秘密の快楽。ポオのテクストが脳裏をよぎる。まるでそんな心を読み取ったかのように黒猫が言う。

「『盗まれた手紙』の話をしようか。たとえばデュパンは〈私〉に自己の推理法を説明する際に、丁か半かを言い当てるのがうまい八歳の子どもの例を出している。この子どもは自分の表情を相手の表情に近づけ、両者の知力を完全に一致させる、という方法を取っている。これは、その子どもが相手の秘めた思考を暴き立てると言い換えることも可能だ。まさに相手の図式に迫る図式的推理法の好例と言える。

それからテクスト内にちりばめられた説明されない秘密は、それを書き立てるよりも却って興趣をそそられる。実はこのテクストは、冒頭にその味わい方が書いてあると言っても過言ではないんだよ」

「そんなの書いてあったっけ？」

「我々はテクストを読み終え、秘密の快楽に誘われる。より良くポオを知ろうとする読者であるなら、いずれ冒頭から読み直すだろう。その時にデュパンと〈私〉が初めにしていたことを目にして何を感じるか。彼らは黙想をしていた。特に〈私〉は過去の二つの事件に思いを馳《は》せていた。我々はすでに三つ目の事件とその真相を知っている。ではそのあとをどのように過ごすべきか。無論、黙想するべきなんだよ」

「ふうむ」

「昨日君に、第一の快が黙想、第二の快が海泡石のパイプ、第三が推理、第四が復讐、第五が秘密という話をしたね」

「うん、覚えてる」

「実は第六が黙想の快なのさ。この黙想は〈せぬがよき〉の思想に通じるのはもちろんのこと、マラルメの思想にも一致する。カントやショーペンハウアーによって言われてきた静観の概念もこれに通じるところがある」

「あっ」

昨日の発表で自ら論じた概念がこんなところで出てきたことに感動を覚える。

「これをもって静観は快楽を生ずる、ということは間違いではあるまい。快楽は主観的なものではあるが、同時に幸福の出発点でもある。エピクロスの言を用いるまでもなく、快楽は合理的な知の思考を指す。したがって、少しも不健全なニュアンスを帯びない。快楽には人それぞれの動機があり、それについて問答することはナンセンスだろう」

そこで黒猫は言葉を切り、腕時計に目をやる。

「ずいぶん待たせるね」

時計を見ると、三時半、もう二十分は待たされている。

明りのない庫裏座敷内に、じっとりと暗がりが浸食してくる。

また、雨が降り始める。いつまで待たされるのだろう。先程から廊下を巨大な黒猫が出入りしては甘えた声で鳴くのにも心を驚かされる。これが本物の猫というものか、と思う。ならば普段目にしているあの小さなちょこまかとしたあれは贋物《にせもの》なのだろうか？

隣で姿勢を崩さず、正座している黒猫を見ていると、これが人間の本来の知性というものだ、と感じる。それ以外は贋物だ、と。それと同じことなのかも知れない。二者に共通しているのは、本物だけが持つ圧倒的な存在感。

また自分が小さく見える。そんなことを思って溜め息をついていると、すっと襖が開き、先程の若い僧が現れる。お茶を持ってきたようだ。俯き加減の美少年が盆に茶を載せてやってくるその歩き姿は、この世のものとは思えない美しさだ。まるで能を見ているような感覚に襲われる。すると、黒猫が彼に向かってこう言う。

「なかなかよく似合っていますね、井楠女史」

しゃなしゃなしゃなしゃな

雨の音の中に、静寂が広がる。いつもその中に自分だけ取り残されてしまうのだ。

6

「すべては僕を呼び寄せるための計画だったのですね」

髪を無くした女は、笑っている。そうだ、この美しさは女のものなのだ。髪がなかったために、そしてここがお寺であるために、男だと思い込んでいたのだ。

しかし、と思い直す。たしか世舟は「彼女はここに来てはいない」と言っていたのでは？

「久しぶりね」

「あまりいい再会とは言えないでしょうね。あなたの行為はある点では認められるけれども、ある点では僕の怒りを買って当然です」

「そうでしょうね」

「わかっていてそうしたのだ、ということも僕にはわかっていますよ。あなたは注意深く人生を生きてこられた方だから」

「では私の欲していることも、わかるのね？」

「静観の快のため、違いますか？」

「さすがね」

「あなたは自分の意志を全うされたわけだ。だが、僕がいなくなったら、また僕に恋をするのでしょう？」

「今この瞬間にすべては変容したのです」

女の宣言に、黒猫は乾いた笑い声を上げる。

「あなたらしい、厳格なシステムですね。まあ、お元気そうで何よりです。ところで、先程世舟に言い忘れたことをお伝え願いたいのですが」

「何かしら？」

「復讐は失敗に終わりました。彼女は何もかも忘れました、と」

「忘れた……」

「ええ」

女は静かに微笑む。

「あなたのほうが一枚上手《うわて》だったのね。ええ、伝えます」

「井楠女史、研究に復帰されるおつもりは？」

「今のところはありません」

「久々に会えて良かった。最後にお別れの言葉を。『真実か、笑いの宝石に似た目の中にあるものをかつて共にした喜びを思いましょう』」

黒猫はそれだけ言うと、すっくと立ち上がった。

「行こう」

何が何だかわからないが、二人の会話は終わったらしい。慌てて女に一礼して黒猫の後を追う。

本堂の外へ出る。雨音が女の泣き声に聞こえる。気のせいかも知れない。振り返ると、巨大な黒猫がこちらを見つめている。中の様子は、暗くて見えない。

傘をタクシーに忘れてきたから下までは二人とも早足である。ようやくタクシーの中に入ると、相変わらず強烈な名古屋弁で運転手が迎える。黒猫は適当に返事をしながら、名古屋駅へ、と告げた。が、すぐに思い直したらしく、「ああ」と唸った。

「いや、浜松駅へ向かってください。ここからならそのほうが近いはずです。愛知と静岡の県境だから」

黒猫はそう言ったきり黙って窓の外を見ている。その横顔から悲しみが伝染してくる。

「パリにいたとき」

と黒猫が切り出す。このまま黙して語らずかと思っていたので不意をつかれた。

「パリにいたとき、僕は井楠女史の話の聞き役だった。人間より研究が大事な点で僕たちは似ていたのかも知れない。そんな関係だったから、日本に帰ってくる前には彼女に電話番号を渡しておいた。一昨日、彼女から電話があったと言ったね。翌日の学会に行こうと思う、というのがその内容だった。僕は最近の研究の話題や、それから翌日の学会のスケジュール、内容などについて話した」

「なのに彼女は来なかった。どうして？」

「最初のうち、僕はそれを前野世舟の出現と結びつけて考えた。彼が一枚噛んでいるのではないか、と。それがミスディレクションだった。彼女は僕がそう考えるように仕組んでいたんだよ。『あとで恥をかくことになる』と世舟が言ったというのも首謀者が自分ではなく彼女自身だから、という意味に取れる。そもそも前野世舟からの手紙といわれるものも彼女自身の手によるものだったんだろう。だからあの手紙を見せたとき、世舟は無反応だったんだよ。

また、井楠女史の母親がK寺に行ったのに彼女を見つけられなかった、というのも初めは妙な話だと思った。井楠女史が自分の意志でK寺に行っているなら、彼女は隠れたりするまい。しかし一方で隠れずに寺にいたなら母親が気づかないのはおかしい。そう考えたところで、母親が玄関先で顔を確認するために眼鏡をかけていたことを思い出した。

もちろん、いくら目が悪くてもシルエットで自分の娘くらい認識できるはずだ。だが、逆にシルエットが彼女のものと違えば母親は認識できないのではないかな？　だからこう考えた。彼女は隠れているわけではないが、いくらか容姿を変えているのではないか、と。

しかし不自然な変装をしていたのではほかの人の目につく。寺にいて人の目につかないように姿を変えるといったら」

「剃髪」

「それしかない。若い僧侶というのはなかなか性別を超えた雰囲気があるから、女性の剃髪との区別はつきにくい。剃髪した彼女を遠目に若い坊主だと認識したとしてもおかしくはない。君だってそうだったくらいだから」

いまだにあれが女性だったという事実が信じられない。

「もし彼女が自分の意志に反してK寺へやってきたのであれば、母親を目にして声をかけないはずがない。しかし彼女は声をかけなかった。自分の意志で来ているからだ。それから、世舟の『彼女はここに来てはいない』という言い方も初めから引っかかってはいた。彼はあれでいて嘘は言わない男なんだよ。だから、もし彼が来てはいないと言うならそれは本当なんだ、と考えることからスタートしてみることにした。

するとこんなふうに考えることができた。『彼女は来てはいない。ここに住んでいるのだ』と。いかにも世舟らしい言い回しだよ」

「でも、井楠女史はなぜ剃髪したの？　母親から隠れようと思ってしたわけじゃないんでしょ？」

「うん。母親の目を逃れたのは、結果であって目的じゃなかった。マラルメの詩篇に『髪』というのがあるけど、髪は女性の美の象徴だ。だが、それはやがて朽ち果てていくものでもある。彼女のマラルメ論文のタイトルが『不在の美学』であったことからもわかるけど、彼女は不在の美という観念に囚われすぎているんだ。だから自分の髪を無くすことで髪の美しさを永遠のものにした。これが一つ目の理由」

「まさか、そのために寺へ？」

「いや、寺へ行った理由はまた別だよ。あれは僕をおびき寄せるためだ。彼女はそのために世舟を利用したのさ。パリにいた頃の彼女は世舟に恋い焦がれていた。それはなぜか。パリには彼が存在しなかったからだ」

「え？　……それが」

「それが彼女の恋の基本動機なんだ。かつて誘惑されたときはすげなく振った相手をパリに来てから恋い慕うようになる。彼女にとって恋とはそこに存在しない誰かを想うことにほかならない。だから、僕が東京に帰ると、対象は僕に変わった。名古屋に戻ってからはなおさらだろうね。なぜなら前野世舟はすぐ近くにいるんだから。だから彼女は自分の周囲に存在しない僕を恋愛対象に選んだ」

「でも、不在が恋愛の動機なのに、あなたを呼び寄せたら不在でなくなってしまう」

「そう。そうするために彼女は一連の計画を企てたんだよ。不在で感情を飼い慣らせるうちはいい。だが、そこは人間だ。恋愛感情があればいずれ会いたい思いは募る。しかし、彼女にとって会いたい思いが募ったときは恋愛が終わるとき、あるいは終わらなければならないときだったんだよ。

そして彼女は恋を存在しないものとするために自分を寺に、つまり浮き世から離れた空間に隔離した。浮き世にいればやがて人は恋に落ちる。それは避けられない。ならば、自分を世界から隔離し、存在しないものとしてしまえばいい。それが世舟を利用した理由だ。彼女は世舟が僕に対して悪感情を持っていることにも気づいていたんだろう」

「ところで、剃髪の理由はほかにもあるの？」

『秘すれば花』。世舟が女性の中で最も興味を魅かれる部分は髪なんだ。僕はパリで彼女にそう話したことがある。だから、世舟が女性の中の『花』と考えるのはその髪。手紙に

『秘すれば花』とあり、井楠女史の姿が見えないとなれば、それを世舟の出家の誘いというふうに僕が解釈すると、彼女は思ったんじゃないだろうか。実際、僕は途中までそう考えて世舟を一連の計画の首謀者と考えていたからね」

「でもなぜそんな面倒な手段を？　普通に会ってほしいと言えばいいじゃない？」

「ただ僕への感情を終了させるためだけならそうしただろう。しかし彼女は恋愛というシステム自体を終わらせなければならなかった。だから先に世界から自分を隔離してその中に最後の恋を持ちこみ、対象物、つまり僕をその内部へ誘導することで『不在による恋の不在化』を完了し、恋を永遠のものにしたかった。感情を静観することによる快楽の境地だ。

そのためには僕にすすんでK寺へ来てもらう必要があったんだが、かつての経緯がある以上、僕が世舟の寺へ自らやってくるとは思えない。そこで世舟に東京へ行ってもらう」

「なぜ？　余計ややこしくなるじゃない」

「うん。そこなんだよ、僕と彼の経緯を知っている彼女が、僕をおびき寄せるために世舟を利用したとすると、その利用価値はどこにあるのか？　それは、世舟に僕を挑発させる以外にないと思う。君を使ってね」

「わ、私を？」

使われた覚えなどない。今までの文脈のどこに自分の入り込む隙があっただろう？

「それも、僕の好きな女として」

「は？」

あまりに思いがけないセリフに赤面してしまう。

「ば、馬鹿なこと……だって私たちは、その、あの……」

「何を勘違いしてるんだ？　違うよ。井楠女史は勘違いをしたんだ。一昨日、彼女が電話で学会の発表者のことを聞きたがったから君の話をしたのさ。その時に僕は、粗削りだけど魅力的な論文を書く子だから先が楽しみだ、というようなことを言ったんだが、嫉妬深い彼女はたぶん『魅力的』という言葉に過剰反応して、その後に『論文』と言ったのを聞き飛ばしたんだね」

慌てたこっちが馬鹿みたいである。まだ顔が熱い。まったく紛らわしい話し方をしてくれる。しかし、その一方で研究面で自分をそんなふうに言ってくれたことは嬉しい。

「そこで彼女は世舟に君の存在を知らせる。世舟は僕に怨みがあるからね、それを聞いたら後は何を頼まれるでもなく自分で行動に出たんだろう。報復のためにね」

「報復って……」

「世舟はこう考えたと思う。僕に愛されている女性の心を奪ってやろう、と」

「それって……私のことですか？」

「そう。で、彼はそれをやってのけた気でいた」

「え？　まったくそんな記憶はございませんが……」

ない。断じてない。そんなことが起こりうるはずがない。待てよ、と思う。たしかに会場で話しかけられたが、一体何を話されたんだったか。

「覚えていないのも無理はない。君は昨日酒を飲んで潰れたね」

「まさか、そんなことで忘れたりしないわよ」

「酔って忘れたとは言ってないよ。家に帰る途中、S公園を過ぎたあたりで君はしゃがみこんで泣き出した。それは覚えてるかい？」

そこから記憶がないのだ。そうだ。なぜあんなところで記憶を無くしてしまったんだろう？

「あの時ね、君は学会で出会った謎の男に好意をもちかけていた。もう自分がわからないと言って泣いたんだね」

覚えていない……いや、一つ一つの感覚の記憶はある。点が線にならないだけだ。

帰りがけ、会場の雑踏。

黒猫とはぐれたとき、一人の男と目があった。そのときは世舟だとはもちろん知らなかった。

ただ、初対面の男に見つめられて、ドキドキした。

なぜ？

——似てる。

そう思ったんだっけ。さっき、書院でそのことを思い出したのだ。

似てるに決まっている。叔父なんだから。

そうだ、あのとき、自分は黒猫を探していた。黒猫、と呼びながら。そして——。

ああ、そうだ。

——呼んだかな？

背後でそんな声がして、振り向いたらそこに……。

そのあとのことは、思い出せない。いくら頭をぐるぐる回転させても、雲がかかったみたいに何も見えてこない。

あの瞬間——。

たしかに黒猫という名前が、実体となっていたのかもしれない。返事をされたから、そこにいた似て非なる男を、黒猫として捉えてしまった。そして、混乱が生じた。

なんだか、背筋が寒くなった。

「だからね、悪いけど君にちょっとした催眠をかけた」

「催眠？」

「酔っ払った人間を催眠にかけるというのは少しも空想めいたことではないんだよ。詳しくは言えないけど、とにかく君は世舟との間に起こったことを忘れた。君が起きたときに一応、覚えていないかどうかを確認したのはそのためだよ」

「……さっき井楠女史に『何もかも忘れました』って言ったのはそのこと？」

「そうだよ」

気になる。気になるが、たぶん黒猫は教えてくれないだろう。それは知らないほうがいいことなのだ。黒猫がそう言うのならそれに従ったほうがいい。むしろ、世舟以外のことを何か口にしたのではないか、そっちのほうが気になる。

黒猫はもう窓の外を見ている。これ以上は話す気がない、とでも言うように。

無数の水滴が窓を埋め尽くす。運転手が音楽を流す。つまらないバラードだ。眠い。眠りたくはない。なのに落ちてくる瞼の重さに耐えられない。人間はいろんなことに耐えられない。陰と陽が絡み合っているから。だからそれを静観する強い精神を、いつも欲してしまう。

体が揺れる。隣の男の肩に頭をくっつけると、いつまでも安心して眠っていられそうな気がしてくる。女の泣き声に似た雨の音も、今はもう聞こえない。

第五話　頭蓋骨のなかで

■黄金虫

The Gold-Bug, 1843

語り手である私は、島で召使の黒人と暮らすウィリアム・ルグランという人物と親交を持っていた。あるとき、私が数週間ぶりにルグランのもとを訪れると、彼は新種の黄金虫を発見したと言う。自慢げにその図を描いて見せられたが、私には黄金虫というよりも髑髏にしか見えない。

約一ヶ月後、私のもとをルグランからの手紙を持った召使のジュピターが訪ねてくる。彼曰く、ルグランはあの日以来、不可解な行動をくり返しているという。

重要な用件があるからすぐに来てほしいという手紙に従い、再び島を訪れた私は、ルグランから黄金を探す探検に加わってほしいと依頼されるが……。

冒険小説ではあるが、暗号を使った小説の草分け的な存在としてしられる短篇。本篇では『黄金虫』の核心に触れています。

1

電話をかけてくる、と言って黒猫が席を立ったときのこと。カフェ内の騒音の中で、どうしてその男の声だけが聞き取れたのかはわからない。何しろその男は十分に声を落としてしゃべっていたのだ。音量だけなら、ほかの客の話し声のほうが目立っている。それなのに、貝の中の小石が歯に当たったようにその声だけはっきり聞こえたのだ。鼠の足音に似たささやき声。屋根裏を走り抜けるあの後ろめたげな腐臭が漂っている。対する相手の声はまったく聞こえない。しかし男の声はまだ続く。

「頭蓋骨でも見つけないと、…………今度は僕かも知れない…………ああ……でも現に……そうだよ、いや……じゃあ今夜湖で」

声が途切れる。湯気の立つような騒音が雪崩《なだ》れ込んでくる。振り返る。真後ろの席にいた男が、携帯電話らしきものをポケットにしまうところである。アフロヘアの肌の白い男だ。目の表情は暗く、どこか思いつめた様子だ。

すぐ後ろの席とあっては、じっと見つめているわけにもいかない。仕方なく、体を元に戻す。口に両手を当てて温めながら、さりげなくもう一度振り返ってみることにする。一口コーヒーを飲んで、いっせえのおで……。

「何やってるんだ？　鬼の人形みたいな顔で」

「な、何よ、鬼の人形って」

コーヒーを噴き出しそうになるのを堪《こら》えて言い返す。絶妙な間の悪さで黒猫が戻ってきたのだ。気を取り直してもう一度振り返ると、何と男は大量の煙草の吸殻を残して消えてしまっている。

「あああ、何てことかしら」

「何だい、後ろの男がどうかしたかい？」

「ぐぅ……せっかく私の探偵心に火がついたところなのに」

黒猫が向かいに腰掛ける。

「ふん、たしかにそんな顔だったね」

黒猫はそう言いながら、ようやく運ばれてきた苺パフェに手をつける。冷笑と虚無感が染みついた普段の彼の顔は苺パフェと研究の前ではしまい込まれ、代わりに判断力に支配された好奇心とでも言うべき、獲物を前にした猫のような表情になる。この男は、普段から甘党というわけではないのだが、本人いわく「時おり無性に苺パフェが食べたくなる」のだそうだ。しかし、今日の黒猫は苺パフェを前にしても浮かない顔をしている。

理由は、冷花さんである。先週、白血病の疑いで入院したのだ。たぶん、今外へ出ていたのも、冷花さんに電話をかけるためだったに違いない。

「冷花さん、まだ退院できないの？」

ああ、と気のない返事をしながら、黒猫はパフェを一口食べる。

「まったく世話のやける女だ」

「え？　そ、そんな言い方……」

いくら弟とはいえ、不謹慎な物言いではないか。そう思っているこちらを察したのか、黒猫が説明する。

「冷花は人騒がせな体質でね。通常の人間よりもだいぶ白血球の量が多いんだ。だから体調が良くないからといってうっかり病院に行こうものなら、白血球の数値の異常を理由にすぐに入院させられる。その度に医者は大騒動だよ。でも骨髄穿刺《こつずいせんし》すれば良性の白血球だとすぐにわかる」

「うわ、骨髄穿刺って痛そう……」

迷惑な話だよ、とぼやきながらも、やはり黒猫は、心ここにあらずな雰囲気である。

が、唐突に顔を上げると、こちらの目を覗きこんで言った。

「研究のときでもあんな顔は滅多にしないから、よほど探偵心をくすぐられたんだろうね」

見抜かれている。うわの空なくせに、しっかり見抜いている。

「研究のときも私は真剣です」

「あ、そう。それより、さっきの男、誰か知ってるのかい？」

「え？　もしかして、有名な人とか？」

「来週、国際Sホールで試写会の行なわれる映画『クラウン・ベッチ』の柄角《えずみ》監督だよ。日本の映画界を背負って立つ逸材だと言われている」

あんなアフロヘアで有望な映画監督とは、人は見かけによらないものである。

「実はさっきの織条富秋《しじょうとみあき》デビュー五周年記念パーティーにも来ていたんだよ」

「あ、そうだったの？」

織条富秋とは、五年前に現代詩の世界に颯爽と登場し、間もなく行方をくらました謎の詩人である。担当編集者以外に彼の顔を知るものは出版界には皆無なのだとか。しかし、織条富秋の名前は世間から消えるどころか謎めいた存在が話題を呼び、五年経った今でも詩集『レモネードの底』は店頭に並んでいる。

しかし、当の本人がいないのにどうして「デビュー五周年記念パーティー」なのか。これには理由がある。先月、芸術批評雑誌の『モレラ』が「織条富秋の世界」という特集を組んだ際、詩人や映画監督、文芸評論家、そして美学者に彼の作品に関する論評を依頼した。黒猫も依頼された一人である。

雑誌は売れに売れ、たちまち増刷になった。またそのおかげで織条富秋の詩集の売り上げも大幅に伸び、初版年の勢いを凌《しの》ぎ、このまま行けば年間の売り上げランキングにも食いこむ勢いである。これに気を良くした出版社は、売り上げ促進に大きく貢献した特集号の企画者及び執筆陣を招いて主役不在のパーティーを開催したのである。

表参道で行なわれたパーティーは結局、出版関係者百人近くが集まる形となった。それほど広くない会場に人がぎゅうぎゅうに詰め込まれ、身動きが取れなくなり、開始三十分ほどで黒猫と二人でこのカフェに逃げ込んだのだ。

「でも、よく映画監督の顔なんてわかるね。私、絶対一人もわからない。黒澤明だって見分けられるか怪しいもん」

「黒澤はもうこの世にいないよ」

「それくらい知ってます！」

「あ、知ってたんだ」

おのれ、どこまで……。

「まあ僕が柄角監督を知っていたのはたまたまだよ。実は以前冷花を介して会ったことがあるんだ」

る。

「冷花と彼の間にもいろいろあってね」

鼻で嗤《わら》う。

いろいろって、すごく気になる言い方だ。でもここは詮索するまい、と思い話題を変え

「それにしても、さっきのあの手紙は本物なのかな」

「さあ、どうだろうね。しかし手紙の最後にあったのは間違いなく彼の詩だった」

「うん」

先程のパーティーの最中に編集者から意外な発表があった。実は織条富秋はこのパーティーに来ています、と言うのだ。その発表に会場が騒然となった。さらに編集者は本人から手紙を預かっていると言ってそれを読んだ。

「命からがら、なんとか生きております。もったいぶって手紙で挨拶をする非礼をお許しください。しかしこれにはのっぴきならぬ事情があることをご理解ください。と、このようなことをいつまで言っていても皆様の心は少しも満足なさらないことでしょう。私の現在の状況について何を知ることも皆様のプラスにはなりますまい。そこで数年ぶりに書いた詩を皆様にお披露目《ひろめ》したく思います」

編集者はそこでいったん言葉を切り、次のような詩を朗読した。

忘レラレタ男

ずるい二人が漕いでいる
その暗い湖面を見よ
渦が闇を作っているのを
愚かにも知らないで
囁いていることよ

ルン、カルルン、ルン
ルンカ、ルルンルン
ルンカル、ルンルン

（誰かでは足りなくて、動けなくなりました）

舟が止まる

それは渦の中心で、
したがって何もない
さあ、そこに頭蓋骨を置いてみよう
わくわくする童心の試みを

ファチャフチャホチャフィチャ
ファチャフチャホチャフィチャ

（誰かでは足りなくて、動けなくなりました）

ならばいっそ骨になれ
自らの企みに縛られて
これがそもそも遊戯であったこと
わくわくする童心を忘れて

ならばいっそ……

「何か呪詛《じゅそ》にも似た響きがあった。しかしその響きを緩和しているのがユニークな擬音語だね。深遠なテーマをユーモラスに謳《うた》い上げる、彼の精神が見える。彼の詩はいつも真剣にふざけることだけを心がけているからね」

『さあ、そこに頭蓋骨を置いてみよう』……あっ……」

さっきの柄角とかいう映画監督の会話で一番気になったフレーズが何だったのかを思い出す。

「『頭蓋骨でも見つけないと』って、普通の会話に出てくる文としてはおかしいよね？」

「まあ、普通の人間はあまり頭蓋骨は探さないだろうね。最低ひとつは皆持ってるものだし」

黒猫の目は苺パフェを前にしたとき以上に、悪戯好きの猫のそれになっている。やれやれ。観念して、先程の不思議な会話について黒猫に話して聞かせる。

十一月初旬、黄昏時。外はもうすっかり闇に包まれている。早くもコートに身をくるんだ人までいる。舞い上がる人々の髪や服が風の勇ましさを教える。

しばらく外の世界のことは置いておこう、と思う。この男の奔放でいて獲物を逃さない論理の歩みに身を委ねることにする。

2

覚えている限りの柄角監督の会話を再現してみせた後、通りかかったウェイトレスにコーヒーのお代わりを頼む。

店内は満席で、大体が仕事帰りのOLやサラリーマンである。ドアが開く度に冷たい風が入り込む。服の色彩が分刻みに入れ替わる。そんな中にいると、自分たちだけが時間から抜け落ちてしまったような気分になる。黒猫と一緒にいるせいもあるのだろう。この男といると、いつでも世界の外側にいるような感覚がつきまとう。

「『頭蓋骨でも見つけないと』と言ったんだね？」

「うん」

「そこで電話の向こうの相手が割り込んだ。そして次のセリフが『今度は僕かも知れない』。なるほど……最後は『今夜湖で』か……。たしかに気になるね」

「でしょ？」

「そう言えば君は、織条富秋が実はある著名人の別名義なのだという話を聞いたことはないか？」

「あ、知ってる」

「中でも最も有力と見られていた説が織条富秋＝柄角監督説なんだ。実は彼らはデビューが一年違いでね。当時、遅れてデビューした柄角監督が雑誌などで織条富秋との親交について話している」

「でもそれだけじゃ同一人物とは……」

「しかし、担当編集者以外、織条に会ったことはないはずなのに、柄角監督はどうして知り合えたんだろう？」

「つまり、それが織条＝柄角説を支えている柱ね？」

「うん。しかし、これは織条に業界の知人がいないというだけの根拠から成り立っている俗説でね。二人が業界人以外の人物を介して知り合った可能性は十分に考えられる。蛇の道は蛇で、業界内に限らず、芸術を飯の種にしようとすれば自ずと交友関係が交差するということは有り得る」

「なるほど。じゃあ、信じるには足らない？」

「それがそうでもないんだな。柄角監督は『日本のブニュエル』の異名を取っている。ブニュエルというのは、日本では『昼顔』で名高いルイス・ブニュエルのことだよ。彼の作品に通底するサディズム、誇張されない呼吸法のようなサディズムが柄角監督の作品にも見える、というのがその理由のようだが、事実、柄角監督自身もブニュエルの影響を認めている」

「私も『昼顔』なら見たことある。ドヌーヴ好きだから」

『昼顔』をブニュエルの失敗作だと断じている人もいてね、日本では澁澤なんかがそう言っていた。でも僕はあの作品が好きなんだよ。通常サディズムはマゾヒズムを暴き立てるわけだけれど、あの作品の中では乾いたサディズムによってサディズムそのものを暴き立てるという新しい構造が見られる。たとえそれが澁澤の言うように、カトリーヌ・ドヌーヴという素材がもたらした偶然の結果であるとしてもね」

「ドヌーヴはサディスト？」

「いや、彼女には幾重にもヴェールがかかっている。マゾヒズムとサディズム。自己を道具として他者に従属させようとするならそれはマゾヒズム、他者を道具として自己に従属させようとすればそれはサディズムとなる。この二つは対象が違うのだから相反するものではないんだ。サディストがマゾヒストであるということは少しも矛盾していない。そもそも共同体の中では両方を所有していなければ安楽は得られない。

ブニュエルはシュルレアリスムの作家だとか、エロスの作家だとかいうことがよく言われるけど、彼ほど冷めた知性で世界を俯瞰《ふかん》していた映画監督はいないように思う」

「ふうむ」

「で、話を戻そう。織条＝柄角説が有り得ると僕が考える理由はね、織条の詩に現れるイメージと柄角の映画に流れるイメージの類似なんだよ」

「でも……私は柄角監督の映画を見たことがないから何とも言えないけど、織条の尊敬するのは梶井基次郎でしょ。今日の詩なんかも梶井の小説のイメージがだいぶ投影されているような気がしたし、ブニュエルとは全然重ならないんじゃない？」

「そうかな？　たとえば梶井の短篇『ある崖上の感情』では、自己のサディズムに苦しむ青年・生島と聞き手の青年・石田という二人の人物が登場する。石田は、生島を〈欲情を感じる男〉、自分を〈もののあわれを感じる男〉と対照的に規定している。しかし、生島のほうでは、石田を自分の分身と捉えている」

「たしか『俺の二重人格』って思ってるんだよね」

「うん。実際、崖の上に毎夜立つ石田とそれを窓から覗く生島では、葛藤の次元が違う。このテクストで繰り返される〈覗き趣味と窓〉の関係も非常に興味深い。生島のエロスは、石田の死を覗き見る虚無感に通じている。

　そして石田は、妊婦の死を目撃することでエロスもものあわれも超越した領域に人間の秘密の正体を見ることになる。生島と石田という二者の名前が象徴的だね。エロスの欲求にもがき苦しむ生島には『生』の字が、死を目撃する石田には『石』の字が当てられている。冷たく硬い存在である石は、死の象徴でもある」

　それは、まったく気づいていなかった。黒猫の読書はつねに探求の始まりだから、読書の段階からこちらは負けている気がする。

「このようなテクストの深遠さはブニュエル作品にも見られるものだし、どちらにも夢、二重の自我、サディズム、フェティシズム、ヴァニタス、覗き趣味、といった共通のモチーフが鏤《ちりば》められている」

「つまり、ブニュエルと梶井に共通点がある以上、織条＝柄角説は本当なのかも知れないってこと？」

「可能性はなくはない」

「でも、どうも噂では柄角監督の作品はサディズムが前面に押し出されているみたいだし、死の淵を見つめながら少年のような企みを持っている織条の詩はまったく別物のように思うけど」

「エロスというのは生の営みの中で捉えられるべきもので、もちろん生の終着点は死だよ。エロス的な主題に真剣に取り組めば、当然死について考えることにもなる。織条も柄角も死の淵は見つめている。後は表層的なバランスの問題でね。

しかし、柄角監督と織条では作品世界のベクトルが大きく違っているのも確かなんだよ。柄角監督の作品は歪んだサディズムに満ちていて、最終的にはいつも男が破滅し、女は不敵な笑みを顔の下に隠して生き続ける。柄角監督の主題が人間のエゴの賛美にあるのは間違いない。対して織条の詩は虚無感とそこに残る人間の意志を生き生きと描き出している。

柄角作品が官能の中に生を肯定する姿勢を示しているとすれば、織条はグロテスクなモチーフの中から、ユーモラスに死を肯定する姿勢を示している。柄角は図太く生に執着し、織条は死に向かう方法を模索する。似ているようでまったく真逆の意志が感じられる」

「じゃあ、やっぱり別人ね」

「なんだ、別人であってほしいの？」

「切に願ってます」

実は密かな織条ファンであるので、先程のアフロヘアの優男が織条だとは考えたくないのである。五年前に読んだ『レモネードの底』所収の「軍事的」という詩の一節は今も胸を強烈に抉《えぐ》っている。

　アーミーな
　アモーレを
　痙攣《けいれん》する指で奏でるのだ
　君に照準を絞ってばっきゅーん

その一節に触れた瞬間、自分の心臓が射抜かれたような気がしたのを鮮明に覚えている。だって、「ばっきゅーん」って……。

詩人という生き物は、ときにたった一行で読む者を愛人にしてしまえるのかもしれない。

「ちなみに冷花は織条とも会ったことがあるらしくてね」

「え？　し、織条とも？」

冷花さん恐るべし。その人脈の広さもまったくもって謎だ。

「……じゃあ、冷花さんは知ってるのね？」

「うん。あいつは『あれは別人だ』って言ってたよ」

それなら、間違いない。同一人物説はやはり単なる噂なのだ。何となくホッとしていると、こちらを見て黒猫が釘を刺すように言う。

「冷花の言葉を額面どおり受け取っていいのかわからないけどね」

なるほど、冷花さんも黒猫と同じく一筋縄ではいかない人物だ。やはり真相は依然灰色か。

「それより、頭蓋骨に話を戻そう。頭蓋骨というのは一七世紀の静物画における死の寓意的表現のひとつなんだよ。織条が詩の中に頭蓋骨を登場させるときもやはり死の寓意としてだった。しかし、興味深いことにね、今日の詩の中では実はそれだけではなくて、梶井における檸檬の如き役割も果たしていたんだ」

「え？」

「梶井の『檸檬』はさすがに読んでるよね？」

「さすがに、は余分です」

まったく失礼な男だ。

でもなぜここで『檸檬』が出てくるんだろう？

「あの中では最後に積み上げられた丸善の本の上に檸檬が置かれる。本もまた死の寓意表現だから、上の檸檬は梶井の意志、あるいは、躍動的で色鮮やかな生の象徴だろう。西洋絵画を愛していた梶井は、死のモチーフの中に自己の意志を置き、勝利を高らかに宣言する、という絵画的試みを小説上で行なったんだね」

「頭蓋骨が檸檬の役割っていうのは、あべこべじゃない？　だって檸檬は生とか意志の象徴なんでしょ？」

「うん。それを解くにはね、今日が何の日か考えてみるといいと思うんだ」

「今日は……織条のデビュー五周年……」

「その記念すべき日に、織条は自分が生きていることの証明としてあの詩を発表した。そして、君は同じ日に柄角監督が『頭蓋骨』という言葉をささやくのを聞いた。ね？　何か見えてくるような気が、しない？」

コーヒーが運ばれてくる。湯気の向こう側の顔が笑っている。何を企んでいるのか、いつもそれがわからない。わからないから、最後まで付き合うことになる。どうやら長い夜になりそうだ。秋の夜長。そろそろ飲物をアルコールに変えたいなあ、と思っていると、

「近くにおいしい焼鳥屋がある。どうだい、コーヒーを飲んだら場所をそこに移して話の

続きをするというのは」

渡りに舟とはこのこと。ちょうどお腹が鳴り始めたところだった。嬉しい以心伝心でコーヒーの味はもはやまるでわからない。長い夜はまだこれからが本番である。

3

鍾乳洞の中に和室が広がっているような店、とでも言えばいいだろうか。通されたのは、二人で入るのがやっとの広さの個室である。江戸時代にタイムスリップして賄賂のやりとりをしているような気分になる。

「越後屋」

「誰が越後屋だよ」

黒猫がメニューを取って見せてくれる。

焼鳥屋といっても鳥に限らず雀《すずめ》や蛙《かえる》を焼いた料理もあるという。もうそうなると何を頼めばいいのか皆目わからないので、すべてを黒猫に一任する。

「焼鳥も死のアレゴリーになったりはしないのかしら？」

「んん、普遍性がまだ足りないね」

冗談のつもりが普通に流された。何となく悔しい。そんなことを考えているうちに店員がやってくる。黒猫はすらすらと注文を伝えると、おしぼりを手の中で弄《もてあそ》びながら言う。

「アレゴリーと象徴の違いってわかるかい？」

「ええっとね。むかし講義で聞いたことがあるんだけど、私は大抵のことは忘れてしまいます」

「なるほど。さすが学者馬鹿」

「馬鹿学者だって言いたいんでしょ」

「忘れるという機能ほど学者にとって重要なものはないんだよ」

本当だろうか。信じますけど。

「さて、アレゴリーと象徴。アレゴリーの語源は『比喩的に表現する』という意味のギリシア語。ゲーテは、特殊から普遍を見出して表現したのが象徴、普遍から特殊を見出して表現したのがアレゴリーだと両者を対置させている。ゲーテの理論は単純で美しい」

「簡潔は美徳なり」

「そのとおり。ところで簡潔さを好むのは君の愛好するポオもまた然《しか》りだね」

「うん。たしかに」

「ポオの研究をする上ではアレゴリカルな表現は見逃すことができないよね？　図書館、船、鴉《からす》、湖、と数え上げれば切りがない。その中で終始一貫して頭蓋骨というアレゴリーがテクストの中央に君臨する物語がある」

「『黄金虫』ね？」

「あのテクストにおける黄金虫は頭蓋骨を意味する。それは背中にある斑点模様がそれに似ていることからわかる。さらに後半には実物も登場する」

「でもそれだけで『終始一貫』とは、言えないんじゃない？」

「そうだね。そこでまず頭蓋骨とは一体何なのかを知る必要がある。簡単に言えば、それは脳を守る装置だよ。脳は人間にとって最も重要な司令塔であり、記憶の保存場所でもある。それを外部から守るために頭蓋骨はあるんだけど、例えば探偵役のルグランに付き随うジュピターという黒人の役回りは、ルグランを脳とするならばちょうど頭蓋骨に当たる」

いよいよ黒猫の論理が奔放さを極め始める。背筋がぞくりとする。鍾乳洞の中の和室が仄暗い解釈の海を漂いだす。

「それから羊皮紙にあぶり出される暗号が重要なものであるわけだから、それを秘めている羊皮紙は頭蓋骨に当たる。しかも実はその羊皮紙には黄金虫の絵が描かれている。だから暗号が脳、黄金虫が頭蓋骨、と言い換えても構わないんだ。しかし暗号はいつまでも脳であり続けるのではない。〈暗号〉と〈暗号の内容〉の関係においては前者が頭蓋骨、後者が脳になる。大事なのは暗号ではなく、暗号を解いた結果現出する暗号の内容だからね。

ここまではいいかな？」

「うん、大丈夫だと思う」

　嘘だけど。とりあえずそう言う。

「では次に進もう。暗号を解いたルグランは頭蓋骨に黄金虫を入れる。この時、黄金虫はキッド船長の頭蓋骨に入り込んだことになる。そしてその結果、黄金虫はキッド船長の財宝の在処《ありか》に導くことになる。こうしてルグランたちは〈知〉という頭蓋骨に穴を開け、脳である財宝を手にする、というわけだ」

「んん、そう考えると一貫して頭蓋骨の物語になるね」

「テクストを俯瞰したときに現れる頭蓋骨のイメージを、死のアレゴリーとして捉えてみよう。ここで重要なのは、この物語が決して死の虚しさを描いてはいないということさ。暗号解読とあいまって、読後感は極めて爽快だ。そしてその裏では、頭蓋骨が死のアレゴリーであることを超越して、もはや肉体的には滅びた人間の意志の象徴へと変わるドラマがある」

「肉体的に滅びたって、誰のこと？」

「もちろんキッド船長だよ。船長はルグランという分身を発見して暗号を解き、自己の財産を奪還したんだ。そうして人間の意志と頭蓋骨の意志が完全な一致をみることで、物語は終わる」

「んんん、そんな話だったとは」

運ばれてきたビールはもう話の間にほとんど飲み干してしまっている。気がつけば頬が熱い。ほろ酔いの兆しである。どうも最近深酒の傾向にある自分に注意しながら、黒猫の話に耳を傾ける。

「ところでこのテクストがポオの短篇の中でもとりわけスリリングなのは、前半部分における頭蓋骨の内部への侵入を巡る攻防戦だ」

「そんな場面あった?」

「うん。たとえば、ルグラン宅に〈私〉が訪れるという行為は、家という頭蓋骨の内部に入り、ルグランの脳内を覗き見る行為だ。しかし、この時ルグランは問題の黄金虫を見せない。理由はあるにせよ、結果的に〈私〉から自分の脳の一部を守ったことになる。また、〈私〉が訪問したあと、ルグランの様子がおかしくなる。これは脳に侵入されたからだ、とも解釈できる。

一方で、ジュピターは主人の奇妙な行動を見て黄金虫に嚙《か》まれたと思っている。つまり、ルグランの脳内に黄金虫が侵入した、と。

後半の展開によって実はルグランのほうが黄金虫の内部に侵入していることに気づかされるわけだが、しかし、だからと言って前半の〈黄金虫がルグランの内部へ〉という可能性が否定されたわけではない。むしろ、それらは同時に行なわれていたと考えるべきだろう。ルグランも黄金虫も、ともに互いの内部に侵入した、と。

そう考えるとき、このテクストの中のもう一つのメッセージが見えてくる。深淵を覗き込む者はある意志を勝ち取るが、同時に何者かに捉えられてしまっているのだ、と」

鳥の刺身が運ばれてくる。

その透き通るようなピンクに石壁が一瞬輝いた気がする。

「どうだい、何となく今日の織条の詩のイメージと重ならないか？」

詩の一節が浮かぶ。

ならばいっそ骨になれ
自らの企みに縛られて

店内の明りが、一瞬消えかける。

消えたのではないのかも知れない。そう見えただけなのかも。時々、黒猫といると、自分の見ている光景に自信が持てなくなる。今ここにいる自分はたしかに自分なのか、そんなことさえもわからなくなってしまう。

＊

柄角監督の溺死体がN湖から発見されたのは、翌日のことである。柄角は大量の睡眠薬を飲み、自殺を図ったのだそうだ。そのことを新聞で知った後、二日酔いに痛む頭を押さえながら黒猫に電話をかけたのは言うまでもない。

4

満月の下で、N湖は静かに死者を飲み込んだ。そして青い光が差し込む頃、深呼吸するみたいにゆっくりとそれを吐き出した。

第一発見者は養殖屋の老人だった。

水鳥に餌をやりながら、ふと湖の中央付近に目をやると、彼方の穏やかな水面に浮かんでいるものがあった。老人はすぐに小舟を出し、それが水死体であることを確認した。土左衛門というものを初めて見たから、動揺してしばらく立ち尽くしていたが、やがて老人は岸まで戻ると、警察に通報した。

以上が、発見者の老人がテレビのインタヴューに答えた内容である。老人は時おり遠い目をして、薄気味の悪い笑みを浮かべていた。彼自身にも死が相当近くにまで忍び寄ってきている風情があった。その空虚な眼差しを見ていると、死が急に身近なものに思え、自分もいつか死ぬのだという焦燥感に駆られる。

昨日から、やけに死のイメージがちらつく。たぶん、怖いのだ。だから目を背けたいという心理がはたらく。そのくせ見ずにはいられない。映画でも小説でも、人が死ぬ場面は昔から好きにはなれない。

死ぬことが怖い。他人が死ぬのも、自分が死ぬのも。小学校でウサギが死んだときも一週間は悪夢にうなされ続けた。今でもそれはあまり変わらない。身近な人物の死に出会えば塞ぎの虫に襲われる。

死を内部にあらかじめ取り込んでしまえば、まったく心の準備なしで死に臨むよりはましだと思うから、ポオを研究しているというのもある。ポオの作品に死を超克するヒントを感じ取ったのだ。でも、それを実生活で体感できるほど、まだポオの精神を体得していない。いつか、愛する誰かの死を恐れずに受け入れられる日がくるだろうか？　そして自分の死を……。

黒猫が電話に出るまでの間、こんなことを考えていた。どうせきっとまた目は天井のシミでもぼうっと見ていたのだろうと思う。何度鳴らしたのかは覚えていないが、留守番電話サービスに切り替わったところでようやく黒猫が出る。

「ずいぶん鳴らしたね」

「ごめん。寝てた？」

「昼まで寝てるほど僕の生活形態は乱れちゃいないよ。病院にいたんだ」

「えっ、ごめんなさい、冷花さんの？」

「まあね。ところで、用件は柄角監督のことだろう？」

「うん」

「君は今日これから空《あ》いてる？」

「空いてるよ」

「ならN湖に行かないか？」

「えっ」

突然の誘いである。しかしそういう予期せぬ展開を期待していたのも事実。

「でも私、場所知らない」

「僕だって知らない。でも所無駅から三駅も行かないんじゃないかな。何しろS市内だから」

所無市のすぐ隣の市である。

「そっか。じゃあ取り敢えず所無駅に集合で」

「そうだね。では三時に」

「三時に」

電話を切る。時計は一時十分。

昨日は見舞いだなんて一言も言っていなかったのに。まあ、もともと自分の予定など口にしてくれない男で、だからこそ日々苦労しているのではあるが。

まず着替えを済ませた。この季節に水辺に行くのだから、なるべく暖かい格好を心がける。下はジーンズ、まあこれはいつものことだ。上を深紅のニットにすると、我ながら多少は女らしくなった気がする。軽く口紅だけを引いてから、机に向かう。自分の中にある疑問をノートに書いて整理するためである。

●電話の会話に出てきた「頭蓋骨」は何を意味するのか。
●電話の相手は誰だったのか。
●柄角はなぜ「今夜湖で」という約束を交わしたのか。
●織条＝柄角説は本当か。
●柄角の死は自殺か、他殺か、それとも事故か。
●自殺、他殺、それぞれの動機は何か。

大体こんなものか、と思い、一息つく。実はこれらの疑問については自分なりに推理を試みた。それを黒猫に聞いてもらいたい、と思ったのもある。が、一方では自分の推理が間違っていることを望んでもいる。できれば真相は彼の口から聞きたい。

いつからかそう望むようになったのは、黒猫が本物の美学者であるからだろう。彼が解くのは美的真相である。彼自身も以前言っていたが、美しい真相だけが真相の名に値するという考え方が彼の論理の根底にはある。なるほど、謎のほうも彼に解かれたほうが嬉しいかも知れない。

メモした紙をジーンズのポケットに仕舞い、音楽をかける。ビートルズの『ラバー・ソウル』の中から『ミッシェル』を選んでかけるが、妙に湿っぽい気分になってくるので、結局初めの『ドライヴ・マイ・カー』からかけ直す。軽快なドラムの音が心地よい。いつの間にやら塞ぎの虫が遠のいていく。もともと一つのことをいつまでも考えていられない性分でもある。かっこよく言うなら、短期集中型なのだ。

と、のんびりしていると時刻ははや二時半。そろそろ出る時間である。三回目の『ノルウェーの森』が流れているところで音楽を止め、一つ伸びをする。

室内は静かだ。

目を閉じると、湖が浮かんでくる。テレビで今朝見たのとは違う。夜の幻想的な湖だ。

そこに男が飛び込む。

どんな水の音がしたのだろう。

ドクロドクロドクロ

ふいにそんな擬音語が浮かぶ。

この湖のイメージはどこで作られたのだろう。今突然出てきた、というにはあまりに隅々までイメージができすぎている。一体いつ……。そう考えて、気がついたことのあまりの奇遇さに半ば薄気味悪さを感じ、目を開く。また、天井のシミに目がいく。湖のイメージ。それは昨日作られたものだったのだ。

昨日、織条の新しい詩を聴いたときに。

そして、今では同時に冷花さんが浮かぶ。湖に、男と佇《たたず》む冷花さんの姿が。

5

「ほほう」

黒猫はそう言ってニヤリと笑う。

「君の推理か。ぜひ聞きたいね」

「自信はあるのよ」

「だろうね。そうじゃなかったら聞かないよ」

F駅から徒歩十分でN湖に着くという駅前交番の警察官の話を信じて、北に向かって前進しているところである。黒猫はいつものように黒いスーツ、白いシャツ。午前中に講義があってそのまま病院に寄ってここへやってきたらしい。F駅周辺は何か濃密な水の気配が漂っている。多湿だというわけではない。ただ、仄暗い湖底を想起させる。

「あの電話の会話の意味をずっと考えていたの。きっと相手には『頭蓋骨でも見つけないと』と言うだけで、その意味がわかったんだと思う。だから相手は柄角監督の言葉を遮った。今だから思うのかも知れないけど、あの時の柄角はたしかに切迫した口調だった気がする」

「なるほど」

「私が思ったのは、どうして『頭蓋骨でも』なのかってことなの。もしそれ自体に何らかの価値があるなら、『頭蓋骨を見つけないと』と言うんじゃないかな、と……」

「同感だね」

「通常『……でも……ないと』という言い方は、ある目的に達するためのたった一つの手段が、かなりの禁じ手な場合に使われるんじゃない？　そう考えると、この『頭蓋骨』は目的じゃなくて、半ば実在し、半ば実在しないような手段みたいなものなんじゃないかと思うの。たとえば、『頭蓋骨でも見つけないと』のあとにはこんな言葉が続くはずだったんじゃないかなあ。『彼が本当に死んだとは証明できない』」

「『彼』とは？」

「もちろん、織条よ。昨日のパーティーまで織条は一度も姿を見せず、新作もこの五年間出ていなかった。だから柄角監督の中では織条の死は確固たるものだった。ところが、パーティーで突然新作が朗読されて、彼は驚いた。織条が生きているなんて、と」

「ふむ。なんで柄角監督はそこまで織条の死を信じ切ることができていたのかな。ただ筆を絶っているだけで、どこかで呑気に印税で暮らしていることだって考えられるのに」

「そこなのよ。私はね、柄角監督は何らかの形で織条の死に関わっていたんじゃないかと思うの」

「的を射《い》た推論だね」

誉められると、やはり嬉しい。鼻息すら荒くなってしまいそうだ。なだらかな坂道が続いている。この先にN湖があるはずである。そう言えば、水の気配がさっきより迫ってきている。

「私の推論では、彼は直接手を下していないと思うの。実行したのは柄角監督の信頼する第三者。その人物から織条の死の報告を受け、安心していた。ところが、あの詩の発表によって確信が揺らぐ。彼は第三者に電話で確実に殺したのかと迫る。さらに冷静さを失って『今度は僕かも知れない』と口走る。織条の復讐を恐れていると考えられない？　でもよく考えると順番が違うと思うの」

「順番？」

「うん。もし直接手を下したのが電話の相手なら、まず復讐されるべきはその人物で、彼は二番目なんじゃない？」

「そうかな。首謀者なら復讐を恐れて当然だろう」

「実行犯がバラさなければ存在も知られないでしょ？　それよりも、殺人に関係なく柄角監督が織条に恨まれていたと考えたほうがスッキリしない？」

「なるほど。それはどんな場合が考えられるだろう？」

「たとえば、柄角監督の電話の相手が女性だとしたら？」

「三角関係、かい？」

「そう。彼女は織条の恋人だった。ところがべつに好きな人ができてしまう」

「それが柄角監督」

「昨日、黒猫が織条＝柄角説を持ち出したときに思ったの。人の好みってそうそう変わるものじゃない。だから、織条に飽きた彼女が一見似たタイプの人を好きになったというのはありそうなことじゃない？」

「うん、考えられるね」

「彼女は好きな人ができたことを織条に告げ、別れを迫る。ところが、彼はそれに応じない。彼女は悩んだ末に織条を殺害する。でも死体を運ぶことができない、そこで……」

「柄角監督に頼む、と」

「そういうこと。どこへ運んだのか？　その答えが会話の最後に隠されていると思うの。『今夜湖で』。つまり、まだそこに死骸があるか見に行こうってことなんじゃないかな。彼らは五年前に織条の死体を湖の底に沈めた。殺害方法は毒殺、もしくはただ眠らせただけかも知れない。外見からは本当に死んだのかわからなかったからこそ、柄角監督は昨日の織条の詩にあんなに怯えたんじゃないかな」

「なるほど。まあ、そこまではいいとしよう」

何だかよくないような言い方だ。少しムッとする。

「じゃあ、君は昨日の詩は織条自身が湖の底から這《は》い上がってきて書いたものだと考えるわけかい？　五年も経ってからというのは何だか怪談じみているようだが」

よくぞ聞いてくれた、と言いたいところだ。もちろん、その点についても考えてあるのだ。

「そう。そんなことがあるはずない。織条はたしかに五年前に死んだのよ。でも、彼はただ死んだわけではなかったの。まるで梶井基次郎が丸善で檸檬を置いたような悪戯を、彼もまた施《ほどこ》した」

「檸檬のような悪戯、か。それは一体何だい？」

「もちろん、あの詩。彼は彼女の気配から近々自分が殺される運命にあることを知っていたんじゃないかしら」

「恐ろしい話だね」

「何よ、子どもの話に相槌打つみたいに……」

「子どもか大人かで相槌は変えないよ。続きが聞きたい」

「あの詩の中には湖のイメージも舟を漕ぐ卑怯な二人の姿も前もって書かれていた。織条はすべてお見通しだったの。そこで、編集の担当者に、いつかこの詩を発表してほしいと頼んでおく」

「それがどう作用するかは、お楽しみ、というわけだ。死してなお生き続ける意志だね」

「そう。織条は殺されはしたけど、もう仕掛けを整えていたわけだから、ほくそ笑んでいたのかも知れないわね」

「さて、そうなると今回の事件はその時限爆弾が爆発した結果というわけだけど、実際にはどんなことが起こっていたと考えられる？」

「推察すると、昨夜二人はN湖で織条の骨を探し出す約束をする。五年の歳月を思えば、死体が骨だけになっていると考えるのも無理はないし、湖なら、海と違って遺棄した場所から骨が流されてしまう心配も少ない。だから場所さえ覚えていれば、柄の長い網のようなものを持っていって骨を一つ取るくらいできると思うの。ただ、欠片じゃあそれが何の骨かも確証がない。だから『頭蓋骨でもあれば』と考える。二人はそうして湖にやってくる。でも、この時、柄角監督と女では思惑が違っていた」

「思惑が？」

「そう。彼女にとって、織条の詩を前にして不安に駆られている柄角監督は、自分の過去の犯罪を露見させかねない厄介ものとして映っていたとしても不思議ではない。そこで飲物か何かに睡眠薬を混ぜて飲ませる。そしてそのまま湖にドボン」

拍手が起こる。いやあ、それほどでも、などと言って照れている場合ではない。

「あのね、私は真面目に……」

「いやいや、大いに結構だよ。君の今の推論には非常に感心したんだ。それに僕自身もおよそ君と似たようなことを考えていたからね」

「本当に？」

「うん。ただね、僕の推論では、織条は殺されるけど、甦るんだよ」

「甦る？」

仄暗い湖底。そこから起き上がる織条の姿が頭の中に思い浮かぶ。鳥肌が立つ。そんなはずはない、と思う。人が生き返るというのは有り得ないことだ。有り得ないからこそ死ぬのが怖いのだ。なのにこの男は、「甦る」と言う。

「ああ、それと、君の考えてる真犯人の女って、冷花でしょ？　冷花が病院を抜け出してN湖へ行った、と」

「……」

バレた。

「まあ、犯人と言えば、犯人だよな」

黒猫はニヤニヤしながらそんなことを呟く。

どういう意味だろう？　自分の姉に容疑がかかっているのに、なぜそんなに冷静でいられるんだろう？

「着いたね」

N湖入口、という看板が見える。想像していたのとは少し違う。カラフルな看板のせいかも知れない。あるいは、そこに鴉のように集《つど》っているカメラマン、群衆、そしてそれを黄色いテープで制する警官たちの存在が、そう感じさせるのかも知れない。詩のイメージが剥がれ落ちていく音が聞こえるようだ。

6

「まだ立入禁止とはね。まあいいさ、さっきの道の途中に『ミルラ』という喫茶店があったからそこに行ってみよう。そう言えば、柄角監督のデビュー作のタイトルも『ミルラ』だったな」

知らなかった。あまり邦画を観ない。柄角監督など、昨日まで名前も知らなかったのだから当然である。

「今度公開される映画『クラウン・ベッチ』にしろ『ミルラ』にしろ、どちらも花の名前がタイトルに使われている。花好きだったというわけではないんだろうが、花の特性を作品内容の隠喩として象徴的に持ってきたと考えられている。クラウン・ベッチは中世から劇薬として知られているし、ミルラは古代エジプトで死体の防腐剤として使われていた。どちらにも死のイメージが漂っている。

ミルラはキプロスの王の娘の名前だ。父親への愛ゆえに砂漠へ追放されたミルラを哀れんだ神々が、彼女を一本の木に変えてしまった。そうしてこの木は後悔の匂いを発し続けることになった。『ミルラ』という映画はこの伝説を下敷きにしていた。『クラウン・ベッチ』がどういう作品かは知らないが、やはり花の伝説などがモチーフになっているのだろうと思うよ。そして、重要なのは、死のイメージが花によって表されているってことなんだ」

「どういうこと？」

「花は生のアレゴリカルな表現だ。だから、死の香りを放つ花は、生も死も初めから両方を所有している、と言える」

「生も死も両方を……」

「まるで人間そのものだ。僕らは自分たちを生の側にいると考えたがる。でも、はたして呼吸をしていれば、脳が動いていれば、生きているということになるんだろうか？　死は人生の瞬間瞬間に潜んでいる。ある瞬間、人は死ぬこともあるし、また生き返ることだってある。死はね、思っている以上にいたるところにあるんだよ。

肉体的な死がやってくる直前まで精神的な生と死が繰り返される。しかし、肉体と精神は二分できるものではない。ならば、肉体的な死と精神的な死を分ける謂《い》われもまたない。そしてこれも同様にたしかなことなんだけど、人間は絶対的な他者の前では常に生かされていると言えるんだ」

「常に生かされている……」

「そして、甦ることも、ある」

なぜだろう。黒猫に言われると、午前中の自分の憂鬱がその根拠を失っていく。

喫茶店『ミルラ』の外観は、黄土色の煉瓦《れんが》に覆われ、異国情緒が漂う。内部に日が入りにくいのか、異様に暗い。しかしその暗さが少しも嫌ではない。開け放たれた窓から吹き込む風に外の息吹が感じられる。そこに光がないのに光を感じる。柄角監督もここで時間を過ごしていたのかも知れない。それが映画のアイデアにつながったということは考えられる。

コーヒーを頼んでしばらくすると、闇よりも濃いブラックコーヒーが運ばれてくる。

「さて、と。まず、君の論理のかなめの部分を否定することから始めようかな。僕を意地悪だなんて思わないでくれよ。君がそこまで真剣に推理しようとしているとわかっていたら昨日の段階で指摘したんだけどね」

「何？　気になる。早く言ってよ」

「うん。君、昨日、柄角監督が本当に携帯電話で話しているのを見たの？」

「振り返ったらちょうどしまうところだったから」

「つまり、話しているところは見てないんだね」

「……何が言いたいの？」

「彼は直後に席を立っただろ？　携帯電話をポケットにしまってすぐに席を立ったわけだ」

「……何か？」

「彼のテーブルには煙草の吸殻はあったけど、煙草の箱もライターも置いてなかったね」

「当たり前でしょ。席を立つ前に普通ポケットにしまうでしょ？」

「そう考えるべきだ。すると、どうだろう、煙草を吸う人というのは、喫茶店を出る直前までは煙草をしまわないいんじゃないかな」

「だから……」

何を言っているんだろう、この男は。

さっきから同じところをうろうろしている。いつもの黒猫らしくない。言いたいことがあるなら……。

「だからね、君はポケットに何かをしまう仕草だけを見て、携帯電話だと勘違いしたんじゃないかと思うんだよ。事実、僕が冷花との電話を終えて外から戻ってきたとき、彼はポケットに煙草をしまっているところだった」

そんな。

では、一体あの会話は何だったというのだ。

あれは。

あれは……。

「あれは会話じゃないんだよ。独り言だ」

「そんな……」

「独り言なら、すべてのセンテンスを話す必要もあるまい。そもそも文というものは他者を前提としている。他者がいないなら文節や単語だけで十分だ。僕はよく皿を洗おうとするときに『皿を……いや、やはり洗濯から……』なんて呟いてしまうことがある。これも同じことだね」

たしかに、あのセリフは誰に発したものでもないように思えてくる。彼の言葉だけが周囲から浮き立って聞こえたのはささやき声だったからではないのかも知れない。喫茶店という場にあって彼の発信する言葉だけが他者に向けられていなかったがために際立って耳に残った、ということは有り得る。

「自己の中の他者性は織条と柄角の両作品に見られるモチーフだ。柄角はね、本名を折城《おりしろ》朝也《ともや》というんだ。〈織条富秋〉は彼が二十三歳で詩人としてスタートする際につけたペンネームだよ。実はこの男がデビューする直前にある女に恋した。その女というのが、冷花らしくてね。あ、恋人とかではないよ」

何ということだ、やはり織条と柄角監督は同一人物だったのだ。

「だ、騙したのね？」

「騙したって？」

「だって冷花さんが二人は別人って……」

「ああ、別人だよ。何しろ折城と冷花が出会った時点では、まだ柄角監督はこの世に存在していないんだから」

存在していない？

「順を追って話そう。冷花が実に人騒がせな体質をしているってことは昨日話したよね？」

白血球が多いという話のことだ。

「でもそれがどう関係するの？」

「僕はデビュー前の折城という男に一度会っているんだ。冷花の入院していた病棟でね。

彼にとって冷花は創作の源泉みたいなものだった。冷花のほうは折城に興味はなかったが、自分が彼の創作の源泉だという自覚はあったから、直接的なアプローチがないかぎり彼を拒《こば》まなかったらしい。その結果、彼は冷花に捧げる詩集を書き上げた。発行されたのはその二ヶ月後だ。たぶん彼は詩を書き上げた後で冷花が退院したことを知ったんだと思う」

「つまり？」

「つまりね、彼は冷花がもうすぐ死ぬものと思っていたのさ。そしてその時には自分も死のうと思っていたんだ」

「え？　死のうと？」

たしかに、織条の作品に見られる死のイメージには切迫したものがあるが、現実に死を考えていたとは。

「と言っても単に心中するのとは少し違う。折城という男はどうも自己と他者の関係が未分化だったようだ。幼い頃から学校には通わずに家の中で育ったらしい。普通の人がどこかで与えられる大人になる機会を逸してしまったんだろうね。たとえば、幼児は親と自分の関係が未分化で、親と同じことを何でもしたがるが、成長のプロセスで少しずつ解消されていくものだ。ところが、折城の場合は未分化な状態が完全に維持されてしまった。それゆえ、冷花が死ぬときには自分も死ぬべきだ、と考えたんだ。そこで彼の中に〈死に向かう自己〉が誕生する。これが織条だよ」

「死に向かう自己……」

「したがって冷花が死ななかったとき、織条という自己は存在価値を失う。つまりこれが織条の死だ。この時、織条を死に追いやるのはもう一つの自己、すなわち〈生に向かう自己〉として誕生した柄角だ。そして冷花は、自分のもとに現れた柄角のことを僕に『別人』と話した。冷花が創作の源泉である点は変わっていなかったようだが。

これが五年前に起こった彼の内部における事件なんだ。

君の推論どおり、事件は起こっていたんだよ。それが現実の事件ではないというだけでね。そして、織条は柄角に殺される前にあの詩を作った。それも君の想像どおり、時限爆弾として書かれたものなんだよ。

今回、柄角は映画が完成したことを知らせようと冷花に連絡をして、あいつが入院したことを知った瞬間、彼の意識下で織条が甦った。死に向かう必要に応じて生まれる自己だからだ。とはいえ、一度生まれた柄角監督という人格は都合よく消えたりしない。意識は柄角監督が握り、織条は無意識の世界にとどまっている。このせめぎ合いは、五年間、冷花が入院するたびに何度も繰り返されてきただろう。ただ、柄角監督が意識を明け渡さなかっただけでね。

しかし、とうとう復権を目論む織条にチャンスが訪れた。かつて作った時限爆弾が爆発するときがきたんだ。織条は柄角の中では冷花の昔の恋人という位置を与えられていたのだろう。どうも柄角は心の中で自分を冷花の恋人と考えていたようだから、織条を昔の恋人と捉えるのは不自然な行為ではない。織条のほうでも柄角を冷花の新しい恋人と考えていたわけだ。

そう考えれば、あの詩におけるイメージも納得が行く。喫茶店での独り言は、殺したはずの織条が生きていたことへの柄角の戸惑いだったと解釈できる。そして柄角は湖にあると思っている骨を確認しに行く。そのように柄角を誘導しているのは明らかに〈死に向かう自己〉である織条であり、その意志の外化であるあの詩だよ。湖まで来たとき、いよいよ柄角の恐怖心は頂点に達した。そして、かつて殺したはずの織条の影に怯える柄角と、冷花の入院宣告を受けて水面下で復活し、チャンスを狙う織条との力関係がここで逆転してしまったんだ。こうして一度は殺された織条が甦り、織条と柄角の両方の肉体を湖に沈めることに成功する」

頭蓋骨は、存在しなかったのだ。ないはずのものをあると仮定して推論を組み立てたから、見えるはずのものが見えなかった。あるいは、事件の創造者の図式を見誤った、ということなのか。

それとも、と思う。頭蓋骨はやはり存在した、というべきなのかも知れない。ただ湖の中にはなかった。柄角監督の探している頭蓋骨は彼自身が所有していたのだ。なぜなら、冷花さんが死ななかったことで、〈生に向かう自己〉である彼が生まれたのだから。頭蓋骨は彼の生きる意志として存在していたのに。

喫茶店で思いつめた表情で独り言を呟く柄角監督の姿を思い出す。

その姿はあまりに孤独だ。

彼の恋は他者を必要としない恋なのだろう。すべては、自己完結しているのだから。

そして、孤独な男は生に向かう自身に、自ら幕を引いた。

そんなことを考えながらふと見上げた天井では、巨大な換気扇が静かに回っていた。

「死に向かう織条、生に向かう柄角、と捉えてきたけど、案外深層のベクトルは真逆だったのかもしれないね。そう言えば、梶井とブニュエルにも同様の〈ねじれ〉が見られる。梶井は死を直視する形で生を炙《あぶ》り出す。ブニュエルはその反対に、生から死を炙り出すんだよ。織条の影に怯えながら、とうとう死に捕えられた柄角と重なるね。

冷花という存在は織条にとっても柄角にとっても実はシンボルに過ぎなかったんじゃないかな。生と死を内包している人間のシンボル。澁澤がカトリーヌ・ドヌーヴについて面白いことを言っている。彼によると、ドヌーヴの魅力は『肉体的なシンボルには還元し得ないような、複雑な陰翳によって成立している』と言う。冷花には、あるいはそういう一面があるのかも知れないね。折城が冷花との同化を試みたのは、彼女が同化を拒む絶対的他者であるがゆえの憧憬だったとも取れるのさ」

〈双頭の芸術家〉が昨夜、自己の芸術を普遍のものへと変質させた。それは彼らの意志なのだ。彼らの中には何の勘違いもなかったのだろう。勘違いをする人間にまともな芸術など作れるはずがない。

折城朝也。〈双頭の芸術家〉の胴体。

彼が織条を生み出すよりもずっと前に会ってみたかったな、と思う。彼の感受性は神の賜物《たまもの》だった。ただ、彼の頭には成人するにつれて生成される他者と自己の運命に境界線がなかっただけ。

時限爆弾によって、死のアレゴリーを超克し、生の象徴へと昇華しようとした織条は、それが双頭の胴体を破滅させることに気づけなかったのだろう。

悲しい夢を見たような気分だ。彼の死を、冷花さんはどんなふうに受け止めるだろう。彼女を創作の源泉と崇める芸術家の死を。すべてが幻想だと言えたら人生は楽なのに、と思う。すべて頭蓋骨のなかの幻想だ、と。

黒猫は静かに目を閉じたまま、動かない。と思っていると、微かな寝息が聞こえてくる。そのままの姿勢で眠っているらしい。この数日、冷花さんのことを案じてあまり寝ていなかったのだろう。いくら「厄介な体質」とわかっていても、発病の確率はゼロではない。検査結果が出るまで、黒猫は生と死の問題から離れられないに違いない。

あるいは黒猫は、今回の推理によって死への恐怖心から自己を解き放ったのかもしれない。それくらいの人間味は、あってほしい。

とにかく、そっとしておいてやろう。しばらく寝顔を楽しもう。

ふっと頭をよぎる。

今の眠りのように、いつかどちらかに永遠が訪れることもあるのだ、と。

そして願う。

その時に聞き忘れた言葉がありませんように。

窓から、早い夕暮れの訪れが感じ取れる。それに応じて徐々に灯る店内の明りの中で黒猫の微かな寝息は続く。その寝息が、不安を遠ざけてくれる。

携帯電話が鳴る。

黒猫が目を覚ます。ほんの数秒の通話。

電話を切った黒猫が、再び目を閉じる。

くたびれたような、安堵したような表情で。

「退院したって」

第六話　月と王様

■大鴉

The Raven, 1845

人間と鴉のやりとりを主軸にした物語詩。

ある日、私が伝承を読んでいると、窓を叩く音がする。雨戸を開けると、一羽の大鴉が部屋に入ってきた。ためしに名前を聞くと、大鴉はNevermoreと答える。私は言葉を喋ったことに驚くが、大鴉はそれ以上何も言わない。私がなにげなく「かつて友人たちが私の元から去っていったように、この鴉もいずれは去っていくだろう」と呟くと、大鴉は再びNevermoreと言う。

私の問いに対し、大鴉がNevermoreと答えるやりとりを繰り返すうちに、私は次第に混乱してゆき、大鴉を「邪悪なる存在」「予言者」と呼んで騒ぎ始めるが、大鴉はやはりNevermoreとしか答えない。

「大鴉」はポオの名を一躍有名にし、発表された翌年には、その構造等についてのエッセイ『構成の原理』も発表されている。

1

大げさな大雪に覆われた師走《しわす》半ばの真昼。千駄木に住むギリシア音楽研究の大家である郷田《ごうだ》紘史《ひろふみ》先生を訪ねたのには無論、研究上の理由があったのだ。齢《よわい》八十七、いつ他界されるかわからんよ、という唐草教授の冗談とも本気ともつかぬ後押しもあって訪ねることにした。博士論文はまだ来年なのだが、レジュメをそろそろ書き始めなければならない。そのための下調べのひとつである。

「有楽町のDホールで昨年行なわれた『追う王』、私も拝見いたしました」

「ああ、君も来ていたのかね」

静かな、しかし力強い声で老研究者は答える。

「演出家がどうしても、と言うのでな。どうもこの老体に鞭《むち》を打つのが好きらしくてね」

「素晴らしい舞台でした」

「本当はね、ギリシア語でやったらいいと勧めたんだよ。だがね、それでは客が入らんとすぽんさあが言うのだ。ギリシア語のほうが余程客寄せにはなると思うんだがね」

ギリシア語ができるあなたはそうでしょう、と思うが、まさかそう言うわけにもいかない。

「でも、おかげで私のような者でも楽しむことができました」

「ふむ。それは何より」

そう言って郷田先生は笑う。肉のほとんどない体からはまだ生気が失われていない。立ち上がるとかなりの長身なのだが、今は書庫の入口のドアに寄りかかってあぐらをかいており、正座しているこちらと目線は同じ高さになっている。瞳はもはや白く濁り、光をほぼ喪失してしまっている。そしてそうであるがゆえに一層その瞳に吸い寄せられるのだ。

『追う王』の原題は韻《いん》を踏んでいるわけではないんですよね？」

「そういったものはなかったね。しかし『追う王』という日本語の題は、僕自身気に入っているんだよ」

「ええ、私も好きです」

「平仮名で書くときは『おうおう』。読むときは『おうおお』。日本人にとっては想像力を刺激される語感ではないかね」

「ええ。同時に何か王の泣き声が浮かぶような気もします」

瘦身の翁はさも楽しそうに笑う。

『追う王』はギリシアの劇作家シュステマイオスによって書かれた悲劇である。年代はギリシア後期。

舞台はギリシアのとある王家。王妃が姿を消した、というところから物語は始まる。主人公はこの国の王。王は悲嘆に暮れる日々を送るが、ある日、予言者に「どうして妻を探さないのか」と言われたのをきっかけに王妃を探す旅に出る。さんざん人違いを繰り返しながらも夢中で王妃を探していた王だが、やがて不慮の事故によって道半ばで命を落としてしまう。

そうして王は冥界にやってくる。冥界でもやっぱり王は王妃を探している。すると何と神々の間に紛れて髪を洗っている女がいる。この女こそ正しく王妃なのだが、王はなぜか声をかけることに躊躇いを覚える。何度も人違いを経験したため、「私は王妃ではありません」と言われたらどうしたらよいのだろう、と考えたのだ。そこで王は何も聞かずに女を連れて地上に戻る。だが、もとの暮らしに戻っても、互いに視線を交わすことなく、王はいつまでも「王妃はどこだ」と尋ねては家来を困らせる。

ある晩、青い月に感動した王は宴を催す。その席で王と王妃は互いに「愛する人とともにこの月を見ることができたなら」と嘆く。その様子を見て、王がこんな状態では国が危ないと考えた大臣は、王たちを哀れに思いつつも暗殺を決行する。こうして王と王妃に永遠が訪れる。

二人の永遠を地上に刻むことを命じられるのが墓彫り職人の男である。男は一日にして王と王妃の像を彫る。すると、何と墓の彫像の王もまた王妃を探しているのである。それを見た家来たちは「死んだ人間は愛するものを見分けられないが、王は生きているときから王妃を見分けられず探し続けた。王は生前から尊い死者のように振る舞われていたのだ。我々は偉大な王を亡くしてしまった」と言って深く悲しむ。やがて隣国によってこの国は滅ぼされ、王と王妃の墓石だけがこの地に残される。

老研究者は、壁にもたれかかって息を吐く。白い息がもわりと舞い上がって、やがて上空の塵に混じる。張り詰めている冷たい空気。先程から何となく気になっていたことではあるが、この書庫内では小さな息遣いさえもはっきりと聞き取れる。

壁に反響しているのだろう。

この書庫には十分な空間がある。まるで小さな礼拝堂さながら。四方の壁は書物で埋め尽くされているが、高い天井のおかげでそれが圧迫感を与えない。

「それで、君は何を聞きたい、と言ったかな?」

「はい、実は」

やっと本題に入ることができる。

書庫の中央に置かれた来客用らしい座蒲団に正座していたのだが、脚もちょうど痺《しび》れてきたところ。いい加減本題に入らなくては帰る頃に失態を演じることになる。

「私、ポオの『大鴉』という詩を研究しているんですが……」

「ほほう、ポオの」

「ええ、ポオの」

皺《しわ》の刻まれた口元に穏やかな笑みが浮かぶ。

「そう言えば、唐草教授が言っていたね、未知数だが、有能なポオ研究者がいる、と。それは君のことかな？」

「あるいは、私のことかも知れませんが、だとしたら重きを置くべきは未知数という点だけではないかと」

「謙遜はいい。私は優れた人間と話すのが好きでな。して、『大鴉』はどう考えても私の研究の範疇《はんちゅう》にはないように思うのだが、一体何を聞こうと言うのかね？」

「『大鴉』という詩は非常に音楽的だと私は考えています。それもギリシア的な意味で」

ほう、と郷田先生は言う。

白い息がまた、もわりと上がっていく。それがまるで要らなくなった魂を少しずつ捨てているように見える。室内の明りは本の題名が読めればいいという程度しか灯っていない。老研究者は白く濁った瞳を本にくっつけるようにして一文字一文字読んでいくのだろうか。

天井に近い位置にある書物はもはや闇と塵に紛れてその存在さえおぼろげである。

「たしかに、ポオの詩の中にある頭韻法、半諧音、リズム、といったこれらは音楽的であると言えるかも知れない。たとえば、頭韻というのは脚韻よりずっと音楽的だと言えるだろう。しかし、だからといってギリシア的な意味での音楽であるということにはならないのではないかね？」

「いいえ、私はその点を音楽的だと言っているのではありません」

「すると、構成そのもののことを言っている、と捉えていいのだね」

「そうです」

「ふむ」

老研究者は何事か考えるように黙る。また、白い息が上っていっては消える。室内の温度は下がり続けている。それもそのはず、外では雪が降っているのだ。加えてこの書庫は母屋から離れた位置にあり、暖房器具などはないらしい。母屋の家政婦に先生の所在を尋ねたところ、日中は書庫から出てこないから、とここへ通された。

郷田先生はこの寒さに慣れているのか、柔らかそうな黒いセーター一枚である。冬は好きだが寒さは大の苦手のこちらはコートを脱ぐことさえできずにいる。

と、その時……。

トワン、トワン

二回だけドアを叩く音がした。だが、それだけのこと。

誰も入ってこない。先生もまた、相変わらずドアに寄りかかったまま動く気もないらしい。

しかし、次の瞬間、不思議な音楽が始まる。

それはどこからともなく聴こえてくる。書庫全体に響いているにもかかわらず、同時に外から聴こえてくるようにも感じられる。

クォーン　クォーン
贅肉を削ぎ落としたような調べ。鉄琴の音、いや、もっと近いのはアフリカの楽器、カリンバだろうか。

まさか先生が演奏を、と思って目を向けるが、老研究者はさっきの姿勢のまま、ただ何か言葉でも探すように口だけをわずかに動かしている。あるいは、この調べについて何か説明しようとしてくれているのかも知れない。

「先生、この音は……」

しかし、先生は何も答えない。白く濁った眼は虚空を見つめ、相変わらず口だけが微細な開閉を繰り返している。

「先生」

返事は、ない。

神聖な響きをもつ調べだけが室内を駆け巡っている。

ここはどこだろう？　もしかしたら、この書庫には人間はいないのではないか。

自分は、ここで一体何をしているのだろう。

2

「古代ギリシアのアポロンの祭礼では音楽は重要な存在だった」

「そのあたりのことはね、研究したの」

偉いね、と黒猫は言う。まるで子ども扱いだ。これでも研究者の端くれであることをそろそろ認めてもらいたいものだ。

「アポロン祭において音楽は、精神を高揚させる一方で感情を抑制するためのものでもあった」

「ん？　なんかおかしいんじゃない？」

「おかしくないよ。純化した精神を高まらせるのに感情の抑制を伴うのは当然だよ。君は精神と感情をごっちゃにしているのさ」

ムッとしてしまうが、ごっちゃにしていたのはたしかだ。黒猫はそのまま続ける。

「これに対してディオニュソス祭は人間の感情を解放する。この二つの祭儀が、言ってみればば古典主義とロマン主義の対立の元となっているわけだけれど、ここでの音楽は現代のそれとは違う。君が研究していることだからあえて繰り返さないよ」

「でもね、なんか今日、郷田先生に会って『私ったらもしかして何もわかっていないのかしら？』って思っちゃった」

「柄にもなく謙虚になることはないよ」

「な、何を……。私は謙虚な女です」

で、と男は言う。黒いスーツをハンガーにかけながら、振り返る。その目は好奇心旺盛で気まぐれな野生の猫の目に似ている。

「その『謙虚な女』が人の家に上がり込んで晩ご飯をせびるわけか」

「いいじゃないの、ケチ。どうせ食べるんなら一人より二人のほうが、ねえ？　ほら」

「何が『ほら』だ。家に帰ってお母さんと食べなさい」

「お母さん、研究で忙しいから私が作らなきゃいけないんだもん」

「やれやれ」

黒猫はそう言って台所へ向かう。冷蔵庫から野菜を取り出す動作は実に自然で優雅なものである。ひょろっと伸びた脚が素早くコンロ、流し、冷蔵庫という具合に移動する。

彼は、いつも自分の興味の赴くままに奔放に飛び回っているように見える。だが、それはただの蛇行運転ではない。最終的に彼の経験は自己の研究に結びついている。その証拠に、彼の論文は学会でも常に注目されている。黒猫は、名声に恥じぬだけの努力家でもあるのだ。

トントントントン

組板《まないた》の上で大根を切る音が響く。

その音で、先程の書庫で聴いた音楽を思い出す。リズムとメロディの一体化した調べ。

「古代ギリシアの人々は、アゴンという競技をして遊んでいたと言われている。これは合唱を競う競技でね、彼らは音楽を、話し言葉と結合したものだと考えていた。ギリシア語で音楽を意味するムーシケーは、現代の音楽とは違って詩と音楽と舞踊を組み合わせたものだったんだよ。この中で特に重視されていたのが実は詩で、現代的な意味での音楽はむしろ詩を助ける役割をし、舞踊はそれら全体の可視的な表現として必要なものだった」

「うん、そう。それは私も研究していくうちにわかったんだけど」

「じゃあ君は何も勘違いはしていないよ」

「でもポオの『大鴉』と結びつけたのはやっぱり間違いだったのかも知れない」

「あれはまさにギリシア的な意味での音楽だよ」

「あれ？　黒猫もやっぱりそう思う？」

『大鴉』の音楽的効果についての研究書は多いけれど、ギリシア音楽の模倣としての

『大鴉』という捉え方をしているものは寡聞《かぶん》にしてまだ知らないね」

切り終えた大根と水菜を鍋に流し込みながら黒猫は話を続ける。

『大鴉』は美しい調べを奏でる音楽的な詩だ。そこで重要な役割を果たすのがNevermoreというリフレイン。主人公の発する言葉がこの単調な繰り返しに変化をもたせて効果を高めている。『二度とない』という意味をもつNevermoreは、いわば大鴉という〈楽器〉が奏でる響きよく哀愁を帯びた音楽。対して、恋人の死の悲しみに暮れる主人公の魂の叫びは詩。まさに古代ギリシアにおける詩と音楽の関係だと言えるんじゃないかな。

では舞踊は何に当たるのか。大鴉の動きであり、室内の家具調度が織り成すコントラストの効果などがそれに当たる。こう考えたとき、ポオのこの知的企みによってギリシア的な意味での音楽が詩において復活したと言うことができるんだよ」

「ふうん。そっか……、大体、黒猫といっしょのこと考えてた」

「それなら君の思考は今のところ順調なんじゃないかな」

「一つだけ。さっき大鴉のことを〈楽器〉って言ったのはどうして？」

「Nevermoreという音楽的響きのある言葉を、人間のアクションに応じて繰り返す存在。これって楽器だよね？」

そういうものか。

そう言われればそんな気もしてくる。

「主人公はドアのノックに応え、詩の七連目まで一人悲しみを吐露する。この時、『ほかでもない、ただそれだけのこと』という言葉を繰り返す主人公は、いわば前奏を奏でる〈楽器〉を演じている。ところが、大鴉が登場すると、彼は自らの役割を放棄し、大鴉にその役割を引き渡す。あるいは大鴉自体が主人公によって造り出された〈楽器〉と言えるのかも知れない。主人公は愛する人を失った悲しみを自己の造り出した〈楽器〉を奏でることで抑制している。こうして捉えるとき、このギリシア的意味での音楽は、感情抑制というアポロン的性格をもっていると言えるわけだ」

「んんん、なるほど」

「君の考えと一致したかな？」

「代わりに書いてもらおうかな」

「冗談じゃない。手一杯です。ところで、実は『大鴉』は別の見方もできる」

「別の見方？」

「うん。あれはポオの書いた六つ目の探偵小説だ、とも考えられる」

「探偵小説？　だって詩でしょ？」

「詩と探偵小説は価値を交換するというのが僕の長年の持論だが、それについて語るのはまたの機会にするとして、とりあえず今は『大鴉』が探偵小説だという二つの根拠を述べることにしようか。まず大鴉の存在を〈事件〉として捉えてみよう。すると、主人公が実に慎重な数学的方法でその正体を暴き出していることに気づかされる。彼は二度三度と質問を重ねることで鴉＝楽器であるという〈真相〉をいち早く見抜いている。これが一つ目の根拠。

もう一つは、大鴉＝探偵と捉えた場合なんだけど、そうなると大鴉の口にするNevermoreという一語は〈探偵〉の推理による〈真相〉に当たるんじゃないかと思う。そしてその〈真相〉によって次々と主人公の感情のヴェールが剝がされていく。このようにして『大鴉』を読めば、主人公の感情の解放というディオニュソス的性格が現れる。探偵小説も詩も、実はともにギリシア的な意味での音楽なのだと思う。『大鴉』を探偵小説として捉えることの重要性はそのディオニュソス的側面を炙り出す点にあるんだよ。したがって我々美学者はもう一度探偵小説というものを顧《かえり》みる必要があるかもしれない、とまあこう思う今日この頃」

そんなことを言いながら黒猫は鍋に肉を入れ、調味料を足していく。湯気が立ち上り、室内が徐々に熱気に包まれてくる。食欲をそそる香りが鼻先をくすぐる。

「詩のなかで大鴉がどう表現されていたか覚えてる？」

「『さながら王侯か貴女のごとき面持ち』でしょ？」

「うん。優雅な様子でNevermoreを繰り返す楽器としての大鴉。ひたすら同じ行為を繰り返す王、というイメージが浮かぶね」

「『追う王』ね？」

「ご名答。そして君は、その翻訳者で知られる高名な先生にお説を賜《たまわ》りに行ったわりに浮かない顔をしている。どうやら研究のこと以外に悩みがあるらしい。そんな顔をしている」

すべてお見通しというわけである。

「まだ？　鍋」

「もうすぐだよ。っていうか、少しは働きなさい。箸を出す」

「はい」

どうやら今夜も長い夜になりそうだ。

外は雪空。室内は打って変わって暖かい。それは何もみぞれ鍋の湯気のおかげばかりではない。突き放すようでいてしっかりと見ていてくれる黒猫独特の優しさ。それが一日緊張に晒《さら》されてクタクタになった我身には心地よい。

黒猫がコンロの火を止める。

3

「先生……あの……」

書庫内には、神聖なる旋律がいよいよ悲しみを帯びながら、徐々にスローテンポとなって広がりゆく。そして、最後の一音が、耳にこだまする。

書庫の音楽が止み、静寂が戻ってくると、老研究者はそれとともにようやく我に返る。だが、その顔はどことなく以前よりも老け込んで見える。

「悪いが、少しの間一人にしてもらえるかね」

「……はい」

「君は、もう少し丁寧にギリシア音楽を学んでごらん。もしも『大鴉』の中のギリシア的音楽について言及するつもりならば、もっと掘り下げて考えることだ。せっかくの新鮮な素材を殺してしまっては勿体無い」

「ありがとうございました」

畏《かしこ》まって深々と頭を下げ、外に出る。

あの音楽は何だったのだ、という思いが頭を過った。しかし、初対面であまり根掘り葉掘りと聞くものではなかろう。それに、音楽の終わった後の郷田先生は明らかにこちらを早く追い出そうとしていた。

さっきの家政婦にひとこと言ってから帰ろうと母屋へ回ると、ちょうど母と同じくらいの年格好の女性が玄関から出てきた。見とれてしまうというタイプではないが、接するうちに味の出てきそうな顔立ちだ。年とともに美しさに深みが出る。そういった類《たぐい》の女性に出会うと、昔から決まって緊張してしまう。

「こ、こんにちは」

「さっき書庫にいらした方かしら？」

「あ、はい。先程ノックされたのは……」

「ふふふ、ただの遊びですわ」

「遊び、ですか」

「先生はああして書庫に入られたきり、もう二年も私に会っては下さらないから」

女は寂しげに俯いた。それからハッと気づいたようにこちらを見て、

「申し遅れました、私はH大学で中世フランス文学の研究をしております、八千草尚子《やちぐさなおこ》と申します」

慌てて名乗り返し、

「郷田先生とは古くからのお付き合いなんですか？」

「ええ、二十年以上になります。四年前に奥様が亡くなられてからは特に……」

そこで八千草女史は言葉を詰まらせる。後は聞かなくても大体想像がついた。

「先生は、お元気そうでしたか」

二年も姿を見ていないのなら、それは気になることだろう。

「普段を存じ上げないのでよくはわかりませんが、別段お体の具合が悪いようには見えませんでしたが」

「そうですか、それは良かったわ」

「ただ、あの音楽が流れた途端に……」

「音楽？　何のことですか、それは」

どうやら気づいていなかったようだ。

一応、と思い彼女の手元を見るが、もちろん楽器らしいものは何も見当たらない。しかし、あの書庫にだって楽器らしいものはなかった。かと言ってテープレコーダーやステレオから発せられた音でもない。あれは生音だったはずだ。

「いえ、何でもありません」

お辞儀をして逃げるようにその場から去ってしまった。聞きたいことは山ほどあるような気もしたが、一方で今聞いても役に立たないように思えたのだ。

地面の雪をきゅっきゅっと踏みつけながら千駄木駅へ向かった。

「――というわけなのよ」

黒猫は下唇をとんとんと指で叩きながら考え込むように、

「なるほど」

と言う。

鍋料理を食べ終えた後、黒猫が駅まで送ってくれることになり、二人で歩いている。S公園に立ち寄ることはもはやほとんど決まりのようになっていて、駅はこの道をまっすぐ行った先にあるのだが、足は自然とそっちのほうへ曲がってしまう。

S公園内の池の周辺は雪化粧を施され、なかなかの見ものとなっている。生き物たちは春の到来を待って沈黙を保っている。人気《ひとけ》もほとんどない夜の公園は夏のそれとは別物のように見える。

「ではまず謎を整理しようか。

●なぜ書庫に音楽が流れたのか。

●その音は何から発せられたものか。

●果たして音源は書庫内だったのか、書庫の外だったのか。

●なぜ郷田先生は音楽を聞いた後に様子がおかしくなったのか。

●郷田先生と八千草女史の間には何があったのか」

「うん、そんなものかな」

「確認するけど、それは音声ではなかったんだね？」

「絶対に違ったわ」

「もう一つ。音楽は八千草女史がノックした後に鳴り響き始めたわけだね？」

「ええ、そう」

「その時、郷田先生は書庫のどこにいた？」

「ドアにもたれかかって座っていたと思う」

「そうか」

　黒猫はそれから意味ありげにこちらの顔を覗きこむ。

「お願いがあるんだけど」

「え、何？」

　意地の悪い笑みが浮かぶ。

「書庫で聴こえた音楽、歌ってよ」

「う……歌うの？」

　黒猫はゆっくりと頷いた。音痴と知っての仕打ちか。

「大丈夫、ある程度の調子外れは想定内だから」

　ここまできたら逃げられない。観念して深く息を吸い、あの神聖な調べを頭に描きながら、歌い始めた。

4

郷田紘史先生の葬儀が行なわれたのは翌週の二十四日のことである。

唐草教授に教えてもらったときは、もちろんショックが大きかった。だが、徐々に冷静さを取り戻すにつれ、郷田先生は死を覚悟していただろうという気がしてきた。死因は肺炎と見られているが、年齢を考えると、むしろ病気とは関係なく天寿を全うしたと考えるべきなのかも知れない。

たった一度会っただけで葬儀に参加するというのも何だか失礼なことのように思われて控えたものの、家にごろごろしていても何となく落ち着かない。母親はいい年をした娘がクリスマス・イヴにどこへも出かけないことを心配しているが、気持ちはすっかりそれどころではなくなっている。

窓の外を見ると、大雪の名残がまだそこかしこに見られる。だが、ホワイト・クリスマスと称するにはやや厳しいものがあるかもしれない。

と、そこへ黒猫から電話がくる。

「今から八千草女史の家に行ってみよう」

「え？　今から？」

「葬儀はもう終わっているはずだ」

「それはそうだけど。でも八千草女史にとって郷田先生は最愛の人だったんだよ？　だったら今日は一人でいたいんじゃない？」

「あるいはね。でも、どうしても彼女に伝えなくてはならないんだよ」

「何を？」

「行ってから話す」

「今は言っても仕方ないことなのね？」

「君に言っても仕方のないことなのさ。では四時にS公園駅池袋方面行の一番前の車輛で」

合流場所としてこれほど無駄のない所もあるまい。電話を切って支度《したく》などをしていると、横から母親が「あら、お出かけですか？」などと茶化してくる。どうも今日は珍しく仕事がないらしい。

「お母さんは誰かと出かけたりはしないの？」

「私をいくつだとお思い？　こうして家でぼうっとしているときが一番くつろぐわ」

そう言った母の目は遠くを見ている。時々彼女は現実から浮遊してどこか別の空間を彷《さま》徨《よ》っている。でもそれは一瞬のこと。すぐに現実に戻ってくる。ある意味、内的現実において満たされているのかも知れない。それを外的現実と適合させようとしないところに人間的成熟を感じる。自分もいつかあんな風になれるのだろうか。そんなことを思う。

西武線のS公園駅で黒猫が電車に乗ってくる。隣の空いている席に座る。黒猫は黒のコートにホワイト・グリーンのマフラー、こちらは黒のコートに赤いマフラー。お互い似通った格好だ。今日が郷田先生の葬儀だという意識が二人とも働いたためだろう。

「八千草女史の家ってどこにあるの？」

「西日暮里」

「ってことは……」

「千駄木駅に非常に近い。したがって八千草女史と郷田先生の家は近い」

「なるほど」

「二人は二十年同じ大学の研究者として友情を育んできた。恋愛的な要素は特になかったようだ。年齢も離れてるしね。ところが、四年前に郷田先生の奥方が亡くなると、八千草女史は中板橋から現住所に越してきた。二十年来の秘めた思いが爆発したんだろうね。しばらくの間、何かと郷田先生の身の回りの世話をしていたらしい。しかし、この二年というもの、彼女が訪ねていっても郷田先生は書庫に閉じこもったきり会おうとしない」

「そんなこと、どこで調べたの？」

「君に話を聞いた翌日に郷田先生の自宅へ行ってみたのさ。そしたらそこの家政婦が本当によくしゃべる。おかげでどうでもいい話までだいぶ聞かされてしまった」

「呆れた……」

「物事を成功させるには入念な準備が不可欠だよ。家政婦は八千草女史を『しつこい女』と表現したが、僕は違うと思うんだ。そんな偏執的な愛だけで二十年間も思いを秘めていられるわけがない。郷田先生のほうでも八千草女史のことを憎からず思っていたはずだ。ただ、二人は出会った時点での各々の境遇を破壊することは望まなかった。もっと自然な調和のとれた関係を望んでいたんだ。だからこそ二十年間も思いを胸の内に秘めていることができたんだろう。それが奥方の死後に外化するのは悪いことではないし、郷田先生はただ会わないというだけで八千草女史を避けていたわけではないように思う」

「ただ会わないだけ？」

「たとえば、そうだね、会えば自分は彼女を欲してしまう。だから会わない、というのはありそうな話じゃないか？　郷田教授は肺を患《わずら》っていたわけだから自分の老い先が短いことは承知していただろう。だから相手に悲しい思いをさせたくなかったのかも知れない」

「でも、死ねばやっぱり悲しいものじゃない？」

「触れ合えば、悲しみが増す」

「喜びも増すよ」

「ただし、代償が控えている」

「……」

電車の汚れた窓の向こう側では、融け残った雪が、一週間前の白い世界の形見のように、街並みのそこかしこに佇んでいる。

「まだ僕らにはわからないのさ。若いから」

灰色の空を、一羽の鴉が飛ぶ。

空の色に溶けることのない明瞭な黒点の移動を、目で追う。

「八千草女史の著作を読んだことがあるかい？」

「いえ。この間会って初めて名前を知ったくらい」

「彼女の最近の著作に『〝アベラールとエロイーズ〟の信仰を見る』というのがある。ここで彼女はアベラールの思想とデカルト思想の類似を指摘して、その哲学的なキリスト教信仰の是非を問うている。まあ、結論から言うならば彼女はこれを肯定する立場を取っている。しかし、これは特に何の目新しさもない学説でね、むしろ彼女の著作の優れた点はエロイーズの信仰から宗教哲学の今日的課題を導き出したことにある」

「エロイーズはアベラールの女弟子だったのよね？」

「そうだよ。でも、実際のところ彼らは後年ずっと離れて過ごしているわけだから、思想が完全に一致しているというわけではないんだ。実際、エロイーズという人物についてはわかっていることがあまりに少ないから、彼女の人格は往復書簡の文面からしか窺い知ることはできない。しばしば言われる往復書簡の恋愛的側面について、あるいはエロイーズの官能的表現について、それが信仰と矛盾するものでないことを八千草女史が明らかにした部分は一読に値する。

だが、僕が今言いたいのは著作の内容のことではなくてね、それが書かれたのが一年前、つまり郷田先生が八千草女史と会わなくなってからだということなんだ」

「つまり？」

「アベラールはサン・ジルダ・ド・リュイ修道院に、エロイーズはかつてアベラールが建てたパラクレーの修道院にいてそれぞれに信仰生活を営んでいた。彼らが己の愛を噴出せしめるのは書面においてのみ」

「八千草女史はアベラールとエロイーズの関係の中に自分たちの姿を見たのね」

「自己の魂を救済するために必要な活動だったのだろうね。愛する人間とコミュニケーションが取れない状態というのは深い心的苦痛を伴うものだから。それにアベラールの神学に対する態度は研究者のそれに近い。自分たちとの類似を見出すのは難しいことではなかっただろう」

黒猫が振り返って窓の外を覗く。「もうすぐ池袋だ」と呟く。

「それで八千草女史に伝えなくてはならないことって何なの？」

「彼女はノックのことについて『ただの遊び』と言ったんだよね？」

「うん、それがどうしたの？」

「引っかからないか？」

「伝えたいことってそのこと?」

「まあ、関係はある」

そう言えば、聞いた瞬間は自分の中でも引っかかりを感じてはいた。しかしそのことをすっかり忘れていたのだ。

「君の話を聞く限りではノックはたった二回。そこに『遊び』の要素があったとは、どうにも考えにくい」

「そう言われれば、たしかに……。でも、出てきてくれないのにノックする、ということが『遊び』なのかも。たとえば『大鴉』の中で鴉がどう答えるかわかっていて質問するみたいに」

「なるほど、それも一つの解釈だね。だけど、あれは詩の中だからこそ成り立つ『遊び』なのであって、現実の世界で相手が何も答えないことを確認するためだけのノックを『遊び』と表現するのは、あまりに陰気なんじゃないかな」

陰気、という言葉の響きにはなかなかすごいものがある。「陰気」な推論をしたのが自分であるだけに何となく落ち込む。

「着いたよ」

池袋からは山手線に乗り換える。

車内が徐々に混んでくると、黒猫と身を寄せ合う格好になる。都会の雑多な匂いの中に優雅な香りが混じる。思えば、こんな近い距離で黒猫を感じたことはなかった。これまで黒猫とともに遭遇したいくつかの出来事に思いを馳せる。ずいぶん長い月日をともに過ごしたような気でいたのだが、いまだに黒猫のことなど何もわかっていない。現に、これから八千草女史に会ってどうしようというのか、それさえも全く予想がつかないのだから。そのことは悔しくもあり、嬉しくもある。すべてを知りたいという気持ちと、予測不可能な行動にいつまでも胸を高鳴らせていたいという思い。もしかしたらその狭間で彷徨っているうちこそ、幸福と呼べるときなのかも知れない。

5

駅から十分ほど歩いたところに八千草女史の家はあった。学者の家としては少々立派すぎる。いや、むしろ豪邸と呼ばれる部類に入るのではないだろうか。蔦の絡まる門を通ると、築年数は経っているものの、青い施釉《せゆう》煉瓦造りの格調高い建物が現れる。

インターホンを鳴らすと、十秒ほどで八千草女史が顔を出す。帰ってきたばかりなのか、まだ喪服のままだ。

「あ、この間の……」

「突然お邪魔して申し訳ありません」

お辞儀をしてから改めて女史を見る。先週よりもまた一段と美しくなったように感じるのは喪服の効用だろうか。

「郷田先生のことでお話ししたいことがあります」

黒猫が単刀直入にそう言う。

「あなたは……たしか〈黒猫〉という渾名の」

「もはや渾名なのやら本名なのやら自分でもわからなくなってきているところです」

「ご活躍はかねてより存じ上げております。まあ、取り敢えずお上がり下さい」

黒猫は一礼して中に入る。戸惑いつつもあとを追う。

通されたリビングルームの床にはフランス語の本がそこかしこに積まれ、テーブルの上には書類が散乱している。

「ごめんなさい、書斎はあるんだけどリビングじゃないと集中できなくて」

「わかります」と黒猫。

「すぐに片づけるから座っていてちょうだい」

果たしてこれがすぐに片づくのだろうか、と少し心配になる。だが、そんな心配をよそに八千草女史は作業を進める。すると、それまであった書類や本が秒刻みで魔法のように消えていく。

五分と経たないうちにすっかり奇麗に片づいたリビングルームで、さてお茶会である。駅前で買って持参したお菓子とともにお茶を戴《いただ》くことになった。

「お二人は郷田先生とはお親しかったのですか？」

「僕のほうは全く面識がありません。彼女は先週一度お会いしただけです」

はあ、と拍子抜けした声で女史は答える。不審に思っているのだろう。そんな縁遠い人間がよりによって葬式の日に一体何の用だ、と。それも無理からぬことだ。

「僕が無礼を承知でこちらに伺ったのは、ほかでもありません、先週のあなたの『遊び』の件で伝えなければならないことがあるからです」

八千草女史は、憂いと虚《うつろ》の入り混じった目で黒猫を見返す。

「あなたには遊びの意味がわかった、とおっしゃるの？」

「わかったのは僕だけではありませんよ」

「ほかに誰が……」

「あなたがわかってほしいと望んでいた人です」

女史の顔に動揺の色が見える。

「まさか、だって……」

「なぜ返事をしてくれなかったのか、と言うのですね？」

「ええ」

「返事は、していたんですよ。ただあなたには聞こえなかっただけです」

「何をおっしゃっているのか……」

彼女は取り乱した自分を落ち着かせるようにお茶を口に運ぶ。たしかに、黒猫が何を言っているのかよくわからない。そう思っていると、黒猫が部屋の隅にある小さなピアノを示して、

「あれは使えるのですか？」

「え？　ええ、最近は弾いていませんが……」

「少し弾いてもよろしいでしょうか」

「構いませんが……」

言うが早いか黒猫は立ち上がり、ピアノに向かって歩き出す。黒猫は実はピアノがうまい。うまいらしい。「らしい」というのは、人がそう言っているのを聞いただけで、まだ自分の耳で聴いたことはないからだ。

冷たい、白い空気。

黒いピアノ、白と黒の鍵盤。

その前に座る黒猫。どんな怪物も手懐《てなず》ける猛獣使いのような瞳。ピアノの中に潜む音を引き出そうとでもしているのか。

次の瞬間。

見えないほどの指の速さ。一小節、ジャズのイントロだ。

「音は狂っていないようですね」

黒猫の深呼吸。

空間は完全に黒猫のものとなる。

演奏が始まる。古めかしくも奥底に幽玄な精神の漂う音楽。シンプルな、そしてそのシンプルさゆえに美しい旋律だ。

これは。

これは『青い月の宴の歌』だ。

ギリシア悲劇『追う王』の中の挿入歌。冥界から王妃を連れ戻した王が、闇に溶け込むように青い光を放つ月に心を魅かれて宴を催す。死者である王妃は生者たる王が見えず、王もまた拒絶を恐れるあまりとなりに王妃がいることを認識できない。二人は愛するものがそばにいるにもかかわらず、できることならばこの月を一緒に見たいのに、と涙ながらに歌う。その場面の歌である。

そして、はたと気づく。先週書庫で聞こえた音楽が『青い月の宴の歌』だったのだ。一音のみの演奏だったのでそれに気づくことができなかった。今こうして演奏されると、昨年観た舞台のことが甦る。黒猫も、よくあの拙《つたな》い鼻唄から原曲を復元できたものだ。

演奏が、終わる。

黒猫が指を鍵盤から静かに離す。

カタン。

蓋を閉じる。

「どうしてその曲を」

尋ねたのは八千草女史だ。見ると涙が頬をつたっている。

「彼女が書庫の中でこれと同じ音楽を聴いたそうです」

「書庫の中で？」

「郷田先生が歌ったのではありません。しかし、とにかくその音楽は奏でられたのです」

黒猫がテーブルに戻ってくる。

優しい目で、女史を見ている。

彼女は、静かに泣いている。

「ありがとう」

黒猫は無言で首を横に振る。

自分だけが取り残されているような気分になる。

「二年前に先生と最後に交わした会話をよく思い出します」

八千草女史が黒猫に語りかける。世界を抱き寄せるような柔らかな笑みを浮かべて。

「会えなくなってから、毎晩思い出していたと言ってもいいくらいに。その日、私は先生に対する思いをすべて口にしてしまいました。先生は少し困ったように、でもわかっていたみたいに悲しそうに笑って、それから外に出ようって言ったんです。その日は曇り空で星も月も見えませんでした。なのにどうしてあんな話になったのか……。『尚子さん』。先生が私を呼びました。それから『追う王』の中の青い月をどう解釈したらいいだろう、と言うんです。先生はちょうどその翻訳の仕事を請け負っているときでしたから、あるいは自然な流れだったのかも知れません。先生は言いました。『王が月を見る宴を催したのは、王妃への謝罪の気持ちの現れかも知れない』と」

「謝罪の気持ち、ですか」

「ええ。王は王妃を見ることができない。王妃もそうです。でも、先生の解釈では、王妃は無理をしているのだそうです。王妃には本当は王が見える。でも王は王妃が見えないから自分も見えないふりをしている。ところが、実はそれは王も一緒だと言うんです。王は実際には王妃が見えているけれど、自分のために王妃まで見えないふりをしていることを申し訳なく思っていて、だから罪滅ぼしのための宴だったのではないか、と。互いの存在は見えなくとも、同じ月を見ることで気持ちを確認し合う。『あれはそういう場面だと思う』。そう言った先生の顔は闇の彼方に向けられていました。まるでそこに見えない月でも探すみたいに」

八千草女史は、その時の郷田先生が見た月を思い描くように遠くを見つめる。その様子が、出かける前の母親の顔と重なって見えてしまう。彼女の話は続く。

「先生はその後にこう言いました。『互いを信じる強さがあれば、月を見ているだけでも愛は成立する。そういうものじゃないかね』。先生の目はまだ闇に向けられたままでした。それが私に向けられた言葉だったことに気づいたのはしばらく経ってからでした。その後何度も私はこの言葉を思い出し、つらい夜を幾度も越えました。でもやっぱり人間です。時々めげそうになることもあります。そういうとき、私はあの書庫の前に立ってあの遊びをしていたんです。まさか先生があの意味をわかっていたなんて」

八千草女史はいたずらを見つけられた子どものように笑う。

「ごめんなさいね、あなた方にこんな思い出話を……」

「いえ、素敵な話です」

彼女は再び何かを思い出したらしく笑い出す。

「そう言えば、先生、その話の後にこんな冗談を言ったんですよ。『まあ、青い月ならいくらでもあるから』って」

黒猫も静かに笑う。

さて、何のことやら。

6

「あれじゃ何もわからないじゃない」

少し前方を歩く黒猫がとぼけて答える。

「ん？　だから『青い月の宴の歌』だったんだよ」

「それはわかります」

「僕が弾くまで思い出せなかったくせに」

何という憎まれ口。「呆れた王だ、生かしておけぬ」とでも言ってやるべきか。

帰りの電車が満員だったからろくに話もできなかった。S公園に辿り着き、あらゆる生き物の気配の消えたところでようやく先程の話になったのだ。

「八千草女史は時おり書庫の前にやってきては、ああしてドアをノックするという『遊び』をしていたのさ」

「だから、あのノックがどうして『遊び』になるの？　それにあの音楽はどこから出てきたの？」

やれやれ、と言うみたいに黒猫は首を竦めて見せる。

あたりはすっかり暗くなり、空の黒と地のまばらな白とは溶け合おうともせず互いを主張し合っている。今夜の空は星も月も見えない。時々、どちらが夜の本当の姿なのかわからなくなる。星や月に賑わう姿が夜の相貌なのか、それとも一つの塵も見当たらない闇が……。でもそれは考えても仕方のないことだ。生の苺と煮た苺のどちらがおいしいかと聞くのと同じで意味がない。

「冷静に考えてごらん。たった二回ノックするだけなら『遊び』なんて言わないさ。だから、彼女の『遊び』は二回のノックだけを指していたわけじゃないんだ」

「だけど……」

「それからもう一つ、彼女は君に音楽のことを尋ねられたとき、まるでそれに気づいていないみたいだったんだよね？　ということは、書庫の壁は君の聴いた音楽を外へは漏らさなかった、ということになる」

「うん、そうなるわね」

「つまり、音楽は書庫内で奏でられたと考えざるをえなくなる」

「でも……」

「ところが君は郷田先生は歌も歌わなければ楽器も持っていなかったと言った。そこでもう一度『遊び』のことを考える。果たしてノックは二回だけだったのだろうか？」

「それはたしかだよ。だって……」

間違いない。書庫のドアを叩く独特の響きは今でもはっきりと思い出すことができるのだ。

「こうは考えられないかな。つまり、ノックはその後も続いたが、ある事情で君の耳にはノックの音とわからなかった、と」

「そんな、私はそこまで馬鹿じゃないです」

「だから、『ある事情で』と言っただろ？」

「どんな事情があるって言うの？」

「まず、ノックというものについて考えよう。通常ノックは音であって楽音ではない。かと言って雑音でもない。それはただの音だ。そしてこの音は、ある人が別の人へとコンタクトを取ろうとしているという記号でもある。これがノックの基本性質だ。したがってこの基本性質から外れたとき、人はそれをノックと見なすことができなくなる」

「どういうこと？」

「たとえば、ノックが楽音に変わったとしたらどうだろう？」

「ノックが楽音に？」

「うん。旅行に行ったときに隣部屋の友人と壁の叩き合いをしたことは？」

「あるよ」

「その時、リズムをつけて遊んだりしなかったかい？」

「したけど……でもそれくらいでノックを認識できなくなる？」

「ならないだろうね。リズムを整えるだけでは楽音としては未だ不十分だ。でもそこに音階が加わったら、これは楽音になり、それが連なれば音楽になる」

「何を……」

何を言っているんだろう、この男は。

池は凍《い》てつく寒さをむっつりと黙ってやり過ごしている。

「八千草女史は音楽に気づいていなかった。このことが謎を解く鍵なんだよ。いいかい？音楽はたしかに書庫の中で作られたんだが、彼女もまた音楽の一部を形成していたんだ。つまり楽音の元となる音を提供していたんだね」

「元となる音？」

「ノックだよ。ノックに『青い月の宴の歌』のリズムをつけたんだ。それが彼女の言う『遊び』だよ。そして郷田先生はその『遊び』に気づいていて音を楽音に変質せしめた」

「どうやって？」

黒猫が振り返ってニヤリと笑う。

「君はそれが最も見える位置にいたんだよ」

「すみませんね、私の目は節穴ですから」

「目の問題じゃない。この世は常に混沌だからね」

「降参です」

「君は、郷田先生が音楽の始まった途端、だらしなく口を開いて何か言おうとするみたいに動かしていたと言ったね？」

「うん」

「そして先生はドアにもたれかかって座っていた」

「それがどうしたの？」

「先生はほとんど肉のない痩身だった。そうだね？」

「うん」

「君は、骨笛というものがあるのを知っているかい？」

「聞いたことはあるけど」

「笛に限らず、骨を用いた楽器というものは非常に多い。これはなぜかというと、骨には音を伝える性質があるからなんだ。先生は痩せていた。八十代で痩せていると言ったらもうほとんど骨と皮だけのようなものだ。その体がドアにもたれかかっている。そのドアを八千草女史がノックする。ノックの振動は郷田先生の骨に伝わる」

「……まさか、それで楽音に変わったと言うつもり？」

「これには様々な要素が絡んでいる。たとえば、暖気よりも寒気のほうが音の伝導が早い。さらに話を聞いた限りでは書庫は音が響く構造になっているらしい。天井が高いせいだろうね。つまり、書庫内は通常の室内以上に音に敏感な空間になっていた。そしてそのドアに痩身の老研究者がもたれかかり、外から八千草女史がノックする。だが、これだけの要素が整ってもなお決して音は楽音には変わらないし、したがって音楽も生まれない」

「じゃあ、どうやって生まれたの？」

「骨はまだ生者のものだった。生者の意志なしには骨は何の音色も奏ではしない」

「生者の意志？　意志で骨を操ることができるの？」

「できる人間もいる。いや、努力すれば、誰でもできるようになるんだよ。先生は口を開けていたと君は言ったね。それで僕はすぐにわかった。どうして楽器もないのに音楽が奏でられたのか。まず笛がそうであるように、音が出るためには通り穴が必要になる。人間の場合、開閉が自由に行なえる場所は一つ、口だけだ。鼻や耳も実際には使えないことはないけれども、その場合には手の運動も伴わなければならないだろう。ところが口だけはほかの一切の運動を必要とすることがない。先生はね、口の開閉の強弱で骨の奏でる楽音の音階を操っていたんだよ」

あの冷たい書庫を思い出す。そこで餌を待つ鯉のように口をぱくぱく動かしていた老研究者。てっきり何か言おうとしているのかと思った。だが、そうではなかった。あの時、彼は楽器であり、同時に演奏者でもあったのだ。だからいくら声をかけても返事をしなかったのだ。

「もちろん、外にいる八千草女史はそんなことに気づくはずもないし、彼女に気づかれないことは先生もわかっていたはずだ。女史の『遊び』同様、これもまた先生の『遊び』だったんだろう。どちらも、互いに信じ合っていることの自己確認の行為だった。ディスコミュニケーションによる自己の意志確認。『大鴉』の主人公のしたことと同じだね。そして感情を静め、精神を高める意味では古代ギリシアのアポロンの祭儀における音楽と合致する。

あるいは『アベラールとエロイーズ』の書簡とも似ているかも知れない。手紙だけ見れば、アベラールとエロイーズの情熱がまばゆいばかりに見える。しかし、時代は中世。手紙一通届くのにどれだけの時間を要したかを考えれば、手紙がコミュニケーションの道具でありながら、実は自己の魂の浄化それ自体が目的だったと見なすのは自然なことだよ」

テクストのイメージが重なる。『大鴉』、『アベラールとエロイーズ』、そして『追う王』。見えている世界にばかり真実があるのではない。見えていないものにだけ真実があるのではないように。そんな当たり前のことをいつも日常の中で見失ってしまう。

だから、言葉を伝え合う。やがてそれが一方的な演奏に変わるとしても、その演奏のためにこそ伝え合えるうちに伝えられることを伝え合う。すべてが音楽になる日まで。

彼女は今夜一体どんな夢を見るのだろう。

公園を出て、黒猫の家に向かう。今夜がクリスマス・イヴだということを忘れていたわけではないが、こうしてこの日に黒猫と一緒にいることになるとは思っていなかった。だから贈り物の用意は特にしていない。まあ、期待されてもいないとは思うが。

行政道路の赤信号で止まる。信号を渡れば黒猫のマンションだ。さて、今日の料理は何だろうか。そんなことを考えていたのだが、ふっと頭にある疑問が浮かぶ。

「『青い月ならいくらでもあるから』ってどういう意味？」

そう言って黒猫は微笑を浮かべ、ポケットに手を入れる。

「ああ、あれね」

「目を閉じてごらん」

何だろうと思いつつ、言われたとおりにする。

何かが耳にかけられる。

眼鏡？

「左を向いて目を開けて」

開ける。信じられない光景がそこに見える。

「……青い月」

文字どおりの青い月が闇の中に浮いている。星も月もない夜に、皓々《こうこう》と青い光を放つ満月がある。

「今度は右を見て」

右側を見る。

自分の目がおかしくなったのか、それとも頭がおかしくなったのか、そこにもやっぱり青い満月が見える。

闇の中に二つの満月。

「信号なんだよ。夜にサングラスをかけるとね、視界が曇って信号機の輪郭は見えずに光だけが見える。それが青い満月のようになる。郷田先生は相当目が悪かったんだろうから、八千草女史と外に出たとき、闇の中に光る二つの青い月が見えていたんじゃないかな。だからそんな冗談を言ったんだね、きっと」

なるほど、「いくらでもある」はずだ。

「オスマンが夢見た月の帝国は、今ではありふれた光景というわけだ。挙げ句に月の色までカラフルになった」

六月に巡り会った、自分とも無関係ではない謎のことが脳裏をよぎる。あの謎には、月と人間の距離をめぐる物語が秘められていた。

そして、扇教授と母は、同じユートピアを見ていた。

今度の謎はどうだろう？

天上にあるはずの月が、まるであふれる音楽のようにそこかしこに点在する物語。

王も王妃も、同じ月を見ていた。

そして郷田先生も、八千草女史も、同じ音楽のなかを生きていた。本当は互いの心が一つだと知りながら。

何だか悲しいのか嬉しいのかわからない。

思わず、目から涙が零れ落ちそうになる。

黒猫にそれを気づかれぬよう、再びサングラスをかけてみる。二つの青い月を交互に見ているると、黒猫が笑って言う。

「なかなか怪しくて似合ってるよ」

「それはどうも」

そう言いかけたとき、サングラスの隙間から黒猫の手が入り込み、右目が覆われた。

「わっ……ちょっ……！」

「見てごらん。こうすれば、月はもっと増える」

何かが左目の前にかざされる。そして、次の瞬間、あまりの光景に自分の存在する世界の次元すら確信がもてなくなった。

そこには、何十もの小さな青い月が光り輝いていたのだ。

「すごい、きれい……」

どんなマジックが使われたのかが気になる一方、右目に押し当てられた黒猫の掌《てのひら》の感触も気になる。少し出かけた涙に気づかれなかったかな……。

と思っていたらサングラスが外された。

「これだよ」

　黒猫が手に持っているのは、あの、いつぞやの万華鏡だった。

「テレイドスコープといってね。通常の万華鏡と違って、先端部分に模様のない透明なガラス玉を取りつけることで、あたりの風景を取り込むんだよ」

　そうか、六月にS公園で万華鏡を取り出したのは、風景をこんなふうに切り取って遊んでいたのか……などと考えていたら、思い出してしまった。こちらを向いて万華鏡を覗きながら黒猫が言った言葉を。

　——僕の好きな眺めがここにある。

　あのときは、ただの万華鏡だと思っていた。まさか風景がそのなかに収まってるとは思わなかった。でも、黒猫の覗くテレイドスコープに映っていたのは……。

　自分の考えを、もう一人の自分が大慌てで否定する。

　嘘、そんなことあるはずない。

　でも……。

　こちらの心中も知らずに、黒猫はさっさとテレイドスコープをポケットにしまい、いまはただ青い月を眺めている。

　黒猫の横顔から内面を窺い知ることはできない。

　彼流の告白だったという可能性はあるだろうか？　もしかしたら内心ではこちらを悩ま

せておいて意地悪く笑っているのでは？

この謎について尋ねたら、黒猫はどんな説明をしてくれるのだろう？　「あらゆる証拠が君への愛を物語っているじゃないか」なんて他人事のような調子で美学講義にしてしまうのだろうか？

やっぱり思い過ごしかな、と思う。でも、一度浮かんだ妄想はなかなか去らない。それもまた、聖夜のもつ魔力かも知れない。

ああもう考えない考えない。

けっこう長い時間、一緒にいたはずの横顔には、まだ解けない暗号が眠っている。

黒猫と自分は同じものを見てきたと言えるんだろうか。

そうだったらいいな。

もちろん、そんな期待は、脆《もろ》くて儚い砂上の城だ。

ある瞬間には、単なる幻想に変わってしまう。

でも、それは何物にも変えられないたしかなものでもある。

たとえば今、自分は黒猫と同じ青い月を見ている。

お互いの心は見えなくとも、今、この場所で青い月を見ている二人は永遠に消えないだろう。いつの日か、二人ともがこの瞬間を忘れ去ったとしても。

「きっとそうだよね」

自分に確認するようにそっと呟き、ほくそ笑む。

「何だよ、気持ち悪いな」

「なんでもないよん」

「……何だ、最後の『ん』は」

「あっはっは」

目に見える絆がすべてではない。

失われて輝きを増す月もある。

でも今は——ありふれた青い月を、並んで見つめていたい。


青い月が、赤く変わる。

「行くぞ」

黒い背中が、歩き始める。

はぐれないように、それを追いかける。

主要参考文献

『ポオ小説全集3』エドガー・アラン・ポオ／田中西二郎他訳／創元推理文庫
『ポオ小説全集4』エドガー・アラン・ポオ／丸谷才一他訳／創元推理文庫
『ポオ　詩と詩論』エドガー・アラン・ポオ／福永武彦他訳／創元推理文庫
『ポー　文芸読本』河出書房新社
＊「大鴉」の引用には上記書籍に収録されている松村達雄氏の訳を用いました。
『モルグ街の殺人事件』エドガー・アラン・ポー／佐々木直次郎訳／新潮文庫
『美学辞典』佐々木健一／東京大学出版会
『美学のキーワード』W・ヘンクマン、K・ロッター編／後藤狷士、武藤三千夫、利光功、神林恒道、太田喬夫、岩城見一監訳／勁草書房
『芸術学ハンドブック』神林恒道、潮江宏三、島本浣編／勁草書房
『幻想の地誌学』谷川渥／ちくま学芸文庫
『芸術の哲学』渡邉二郎／ちくま学芸文庫

『物質と記憶』アンリ・ベルクソン／合田正人、松本力訳／ちくま学芸文庫
『マラルメ全集』マラルメ／松室三郎、菅野昭正、清水徹、阿部良雄、渡辺守章編／筑摩書房
『ステファヌ・マラルメ』ギィ・ミショー／田中成和訳／水声社
『マラルメ詩集』マラルメ／西脇順三郎訳／小沢書店
『パリ時間旅行』鹿島茂／中公文庫
『竹取物語』阪倉篤義校訂／岩波文庫
『音楽美論』ハンスリック／渡辺護訳／岩波文庫
『虚構の音楽　ワーグナーのフィギュール』フィリップ・ラクー＝ラバルト／谷口博史訳／未來社
『雨月物語』上田秋成／青木正次全訳注／講談社学術文庫
『風姿花伝』世阿弥／野上豊一郎、西尾実校訂／岩波文庫
『スクリーンの夢魔』澁澤龍彦／河出文庫
『西洋音楽史』ドナルド・H・ヴァン・エス／船山信子、寺田由美子、芦川紀子、佐野圭子訳／新時代社
『アベラールとエロイーズ　愛の往復書簡』沓掛良彦、横山安由美訳／岩波文庫

解　説

ミステリ作家
若竹七海

ついに、アガサ・クリスティーの名を冠した賞が始動する！

という話を早川書房の方から聞かされたのは、四年前のこと。ついては選考委員をお引き受けいただけませんかと言われ、最初は耳を疑いました。

いまさら言うまでもありませんが、ミステリ大国・日本には、すでに数多くの登竜門である新人賞が存在します。しかも、どの賞をみても選考委員の顔ぶれはなんとなく似ている。そのせいか、賞にそれほどはっきりした個性があるわけではないのです。

私も浮世の義理でいたしかたなく、選考委員を引き受けるハメになったことが何回かありますが、これがけっこうたいへんな仕事。本という形になっている物とは違い、プリントアウトされた原稿の束というのはかなり読みにくいものです。それでも選考委員という立場上、適当に読み流す、なんてことはできません。各作品、三度は読む。日頃、ワガママな読書をしていると、読まねばならぬ、というだけでけっこうなプレッシャーです。

ようやく、これだ、という作品が決まっても、弱点を指摘されたらどう弁護しようとか、どこを評価したかどう説明しようとか、胃が痛くなるほど悩まなくてはなりません。賞をとれるかとれないかで、そのひとの人生を変えてしまいかねないわけで、選んでしまった責任を感じます。

選考会が始まってしまえば、そこは他の選考委員のみなさん、きちんと読み込んでいて的確な評価を下していかれます。このセンセーはこういう話ダメだろうな、逆に好きだろうな、なんて事前に思っていたのとは正反対の意見を述べられ、議論の展開についていかれずあたふたしてしまうなんてしょっちゅうです。

ようやく受賞作が決まっても、それで終わりではありません。当然、授賞式ってもんがある。パーティーなんぞという、ひとが大勢集まる場所に行かなきゃなりません。すっぴんに普段着ってわけにもいかないし、〈選考委員〉とか書いてある花をつけ、前に座ってなきゃダメ。マイクの前に立って選評を述べるという、超苦手な作業が待っていることすらある。

もちろん、緊張しつつも喜んでいる受賞者の顔をみると、ああ、この賞に参加できて良かったな、とこちらも嬉しいのですが、家に帰りつく頃には疲労困憊。あー終わったー、と使ったメモや資料をまとめて抽斗の奥深くにしまい込むのでした。

選考委員の顔ぶれがなんとなく似てしまうのは、こんな面倒な仕事を請け合える大人物の作家や評論家――あるいは、固辞しそこなったお人好し――はそうそういらっしゃらないからではないか、と勝手に邪推しています。でなきゃ出版社のほうだって、若竹にも頼んでみようかしらなんて、苦し紛れにしろ思いついたりしないでしょう。

とまあ、そんなわけで、選考委員の依頼にしばらくフリーズしていた私ですが、口をついて出たのは、お引き受けします、の一言でした。

だって、アガサ・クリスティー賞だよ！

ミステリの女王と呼ばれるクリスティーですが、私にとっては女王なんて生ぬるい。神です、神。

そう、私はアガサ・クリスティーを愛し、尊敬し、崇拝しています。我が家にはクリスティー専用の本棚があり、毎日柏手を打っております。それをあちこちにふれまわってきました。おかげで早川書房さんもふと、私のことを思い出してくださったのでしょうが、その神と、私の名前が一緒に並ぶなんて、この機会を逃したら永遠に訪れそうもありません。〈アガサ・クリスティー〉の一言で、この見栄というか欲望が脳内で爆裂。選考委員を引き受けるしんどささえ、一度だけならいいか、と神によって粉砕されてしまったのでした。

とはいえ、心配もありました。世界で初めてクリスティーの文学賞を立ち上げる、というのは画期的かつワンダフルな企画ではありますが、他にたくさんの賞がある現在、応募が集まるのかどうか。集まってはきても、受賞に値する作品があるかどうか。第一回にして受賞作なしでは、世界中のクリスティー・ファンに顔向けができません。

また、一般的にクリスティーといえば、コージー・ミステリの開祖というイメージがあると思います。クリスティー作品には冒険小説もスパイ小説も、怪奇幻想小説も普通女性小説もあり、ヴァラエティーにとんでいるのですが、やっぱり最初に思い浮かぶのは名探偵ポアロやミス・マープルのいわゆる謎解きもの。英国趣味のお茶とケーキ、園芸や鉄道を小道具に、村や一族、マナーハウスやホテルといった小さなサークル内で発生する事件のイメージが強いのではないでしょうか。応募作全部がこんなんだったらどうしよう。また逆に、めっぽう面白いけど超下品、なんて作品が残ったらどうしよう。アガサ・クリスティーを神とあがめる手前、その名に泥を塗るわけにもいきません。最終候補作が送られてくるまでのあいだに、私はこんなことを考えて、勝手に思い悩んでいたのでした。

が、幸い、すべてが杞憂に終わりました。最終候補作にはこの作品があったのです。『黒猫の遊歩あるいは美学講義』が。

通称「黒猫」は美学理論を駆使する美貌の天才であり、二十四歳の若さで大学教授になった。同じ大学で博士課程一年の女性は彼の「付き人」を頼まれる一方、エドガー・アラン・ポオの研究を続けている。ふたりはさまざまな日常の謎に出会い、ポオの作品にあらたな解釈をおこないながら同時にその日常の謎を解いていく……『黒猫の遊歩あるいは美学講義』は、そういった設定の謎解き連作短篇集です。

応募作は必ず冒頭に、数枚の梗概が添えられることになっています。実を言えば、最初にこの梗概を読んだときには、私はこの『黒猫〜』にあまり期待しませんでした。

天才肌でイケメンの名探偵に平凡なワトスン役のコンビ。

有名作品や作家をモチーフにしていること。

日常の謎の連作短篇集。

こういうとこだけを抜き出してみれば、よくあるタイプの作品にもみえますよね。ことに、頭脳明晰だが口の悪い名探偵が、ワトスンを（ていうか読者を）バカにしつつ謎を解くというスタイルの小説は、おなかいっぱいになるほど読まされていますから、最近ではよほどの芸でもみせてくれないかぎり、このパターンだとわかったあたりで頁を閉じることにしています。

また、ポオ作品の新解釈という点では、平石貴樹さんの『だれもがポオを愛していた』における『アッシャー家の崩壊』論がすぐに思い出されます。大学生のときにこれを読んで目からうろこが落ちまくった人間としては、ポオについて語るならこのレベルを要求したいところです。

眉に唾をつけつつ本編を読み出して、しかし、私はすぐに作品世界に引き込まれました。明晰で奇をてらわず、静かで落ち着いた文章。描写も過不足なく、会話も品がいい。もちろん、天才名探偵は愚鈍なワトスンをからかったりするのですが、それが好ましいスパイス程度におさえられています。

きちんと物語の中心にポオの作品を据え、それぞれについての考察がありつつ、まったく新しい物語を生み出していることにも瞠目させられました。先行作品をモチーフにすると、その作品にべったり寄りかかりすぎて、未読の読者をおいてけぼりにしがちなのですが、未読でも楽しめるように書かれています。また、一編一編の料理の仕方が予想を覆すため、既読の読者がものたりなさを感じることもない。

まあ、こういう作品であるからには、ポオや美学についていろいろと「うんちくのひけらかし」があるわけですが、物語にもキャラクターにもとけあうように上手く表現されているので、うっとうしくない。

登場人物もきれいに立ち上がっていて、ことにこの語り手兼ワトスン役の女の子が魅力的です。黒猫となんでもしゃべりあっているようで、かんじんなことは口に出せない、というこの女の子の不器用な恋物語でも読者を惹きつけます。

驚いたのは、一番目の作品がこの女の子「自身の事件」だったこと。通常なら、こういう大ネタは、匂いだけ読者に嗅がせておいて最後まで引っ張るというのが、いわば定型ですよね。この定型、別名マニュアルをおさえておけばそうそうはずさない代わりに、あざとさや手慣れ感が漂い、選考委員なんてものを引き受けるようなすれっからしの読者の鼻につく危険性があります。そこらへんを計算してかどうか、定型をはずして、いきなり最初にきれいに解決してしまうあたり、たいへん新鮮に感じました。

よくあるタイプの作品の皮をかぶって、読者への敷居を低くしつつ、新しいやりかたでもてなす。やるもんじゃありませんか。

もちろん、どんな名作にも問題点はあります。一例をあげるなら、作者の小説技術がすばらしいからですが、登場人物の行動原理や動機が観念的でも、やや強引であっても、それなりに読ませてしまうことでしょうか。作中には観念や妄想に支配されて行動する「犯人」が出てきますが、その「狂気」までがうまいこと書かれすぎていて、ちょっと、ものたりない。

もうひとつ、本文で黒猫はこんなことを言っています。〈知〉とは一定の形あるものではなく、むしろ形を変えながら拡張するものだろう、と。この伝でいけば、作者もまた、狭い意味でのミステリだけではなく、いずれは別のジャンルに羽ばたいていくんじゃないか、と思えたわけです。だからってなんの問題もないのですが、ミステリプロパーにとって、謎解きミステリで名を馳せた作家が違うタイプの作品に移行してしまうのは、けっこうさびしいものでして……。

ですが、これら私が感じた点は、見方を変えれば長所にもなる。感情的にならず、おさえた筆致で透明感のある物語を書く才能があり、今後は思いもよらぬ作品を生み出す可能性を秘めている、ともいえるわけです。

よし、イチオシは『黒猫の遊歩あるいは美学講義』だ、となるのにそう時間はかかりませんでした。

幸いにして、他の選考委員の賛同も得られたため、本作品は比較的すんなりと受賞に決まりました。我が家の本棚が壊れたりしなかったところをみると、ミステリの神アガサ・クリスティーの暗黙の同意もあったのでしょう。

その後、好意的な反響があって受賞第一作となる『黒猫の接吻あるいは最終講義』、第三作『黒猫の薔薇あるいは時間飛行』が出版されたことはご存知のとおりです。

さらに私の予想を裏切って、これからも作者はミステリ作品を続々書かれる予定とか。期待できますね。

文庫版で初めてこの作品にふれる読者に、ミステリの神の祝福あれ。楽しめますよ。

本書は、二〇一一年十月に早川書房より単行本
として刊行された作品を文庫化したものです。

話題作

山本周五郎賞受賞
ダック・コール　稲見一良
ドロップアウトした青年が、河原の石に鳥を描く中年男性に惹かれて夢見た六つの物語。

吉川英治文学賞受賞
死の泉　皆川博子
第二次大戦末期、ナチの産院に身を置くマルガレーテが見た地獄とは？　悪と愛の黙示録

日本推理作家協会賞受賞
沈黙の教室　折原一
いじめのあった中学校の同窓会を標的に、殺人計画が進行する。錯綜する謎とサスペンス

暗闇の教室Ⅰ百物語の夜　折原一
干上がったダム底の廃校で百物語が呼び出す怪異と殺人。『沈黙の教室』に続く入魂作！

暗闇の教室Ⅱ悪夢、ふたたび　折原一
「百物語の夜」から二十年後、ふたたび関係者を襲う悪夢。謎と眩暈にみちた戦慄の傑作

ハヤカワ文庫

珠玉の短篇集

五人姉妹 菅 浩江
クローン姉妹の複雑な心模様を描いた表題作ほか〝やさしさ〟と〝せつなさ〟の9篇収録

レフト・アローン 藤崎慎吾
五感を制御された火星の兵士の運命を描く表題作他、科学の言葉がつむぐ宇宙の神話5篇

西城秀樹のおかげです 森奈津子
人類に福音を授ける愛と笑いとエロスの8篇日本SF大賞候補の代表作、待望の文庫化！

からくりアンモラル 森奈津子
ペットロボットを介した少女の性と生の目覚めを描く表題作ほか、愛と性のSF短篇9作

シュレディンガーのチョコパフェ 山本 弘
時空の混淆とアキバ系恋愛の行方を描く表題作、SFマガジン読者賞受賞作など7篇収録

ハヤカワ文庫

原尞の作品

そして夜は甦る

高層ビル街の片隅に事務所を構える私立探偵沢崎、初登場！　記念すべき長篇デビュー作

直木賞受賞

私が殺した少女

私立探偵沢崎は不運にも誘拐事件に巻き込まれる。斯界を瞠目させた名作ハードボイルド

さらば長き眠り

ひさびさに事務所に帰ってきた沢崎を待っていたのは、元高校野球選手からの依頼だった

愚か者死すべし

事務所を閉める大晦日に、沢崎は狙撃事件に遭遇してしまう。新・沢崎シリーズ第一弾。

日本冒険小説協会賞最優秀短編賞受賞

天使たちの探偵

沢崎の短篇初登場作「少年の見た男」ほか、未成年がからむ六つの事件を描く連作短篇集

ススキノ探偵／東直己

探偵はバーにいる

札幌ススキノの便利屋探偵が巻込まれたデートクラブ殺人。北の街の軽快ハードボイルド

バーにかかってきた電話

電話の依頼者は、すでに死んでいる女の名前を名乗っていた。彼女の狙いとその正体は？

消えた少年

意気投合した映画少年が行方不明となり、担任の春子に頼まれた〈俺〉は捜索に乗り出す

探偵はひとりぼっち

オカマの友人が殺された。なぜか仲間たちも口を閉ざす中、〈俺〉は一人で調査を始める

探偵は吹雪の果てに

雪の田舎町に赴いた〈俺〉を待っていたのは巧妙な罠。死闘の果てに掴んだ意外な真実は？

ハヤカワ文庫

著者略歴　1979年静岡県生，作家　本書で第1回アガサ・クリスティー賞を受賞。著書『黒猫の接吻あるいは最終講義』『黒猫の薔薇あるいは時間飛行』『黒猫の刹那あるいは卒論指導』（以上早川書房刊）他。

HM=Hayakawa Mystery
SF=Science Fiction
JA=Japanese Author
NV=Novel
NF=Nonfiction
FT=Fantasy

黒猫《くろねこ》の遊歩《ゆうほ》あるいは美学講義《びがくこうぎ》

〈JA1128〉

二〇一三年九月十五日　発行
二〇一三年十一月三十日　二刷

（定価はカバーに表示してあります）

著者　森《もり》　晶《あき》麿《まろ》
発行者　早川　浩
印刷者　草刈龍平
発行所　株式会社　早川書房

郵便番号　一〇一 - 〇〇四六
東京都千代田区神田多町二ノ二
電話　〇三 - 三二五二 - 三一一一（大代表）
振替　〇〇一六〇 - 三 - 四七七九九
http://www.hayakawa-online.co.jp

乱丁・落丁本は小社制作部宛お送り下さい。
送料小社負担にてお取りかえいたします。

印刷・中央精版印刷株式会社　製本・株式会社明光社
©2011 Akimaro Mori　Printed and bound in Japan
ISBN978-4-15-031128-5 C0193

本書のコピー、スキャン、デジタル化等の無断複製は著作権法上の例外を除き禁じられています。

本書は活字が大きく読みやすい〈トールサイズ〉です。